U0544655

The Animal Watcher

動物通靈師

4	之一。貓精
30	之二。掛念
54	之三。等待
78	之四。守願
104	之五。山靈
132	之六。契子

164	之七。思鄉
190	之八。青霧
220	番外一。關於阿熊
228	番外二。My Sunshine
248	番外三。颱風夜
262	後記。開出一朵時間的花──林孝謙

之一。貓精。

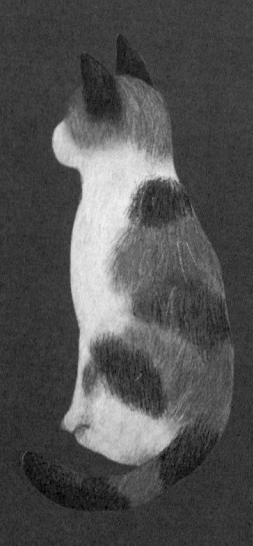

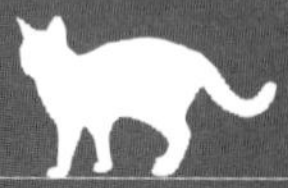

之一、貓精

　　軍營裡通常有著各式各樣的傳說，最常見的就是鬼故事，譬如某間寢室有人自殺過，所以之後住在那兒的人都會遇到一些靈異現象，或是陰曆七月若沒有好好祭拜「好兄弟」，那一整個月軍營都會不安寧，晚上時時鬧鬼。

　　或是洗完澡後乾淨的內褲會不翼而飛。

　　這座軍營裡面也有一個類似的傳說，據說在好幾年前，有隻懷了孕的母貓，被一位士兵惡作劇拿槍打死，之後陰魂不散，老是纏著那位士兵，讓他常常作惡夢，在夢裡見到母貓嚎叫著，要他把未出世的小貓還給牠。

　　那一夜，軍營裡所有人都聽見了那位士兵肝膽俱裂的慘叫聲，聞者無不色變。睡著的人被這聲慘叫嚇醒，沒睡著的人被嚇得不敢再睡。據說還有人洗澡洗到一半，被嚇得直接從澡堂衝出來蹓鳥，但事後沒有人承認自己裸奔。

　　總之，那是很恐怖的慘叫聲，比女人高分貝的淒厲尖叫還要驚心動魄。

　　事後有人心有餘悸地回憶，沒想到男人也能發出這樣的慘叫。

　　那名士兵後來被人發現倒在一處黑暗的走廊上，他雙手痛苦地揪著自己的胸口，臉色慘白，一句話都說不出來，沒多久

就被抬進了醫護室，然後當晚被送進軍醫院，從此再也沒有回來過。

處理這件事情的長官們個個面色凝重，一句話都不肯多說，讓底下的人更是諸多猜測，於是開始穿鑿附會、加油添醋，說是那隻母貓因為沒人祭拜又懷恨在心，終於化為妖精來復仇。

之後，正逢中元，軍營裡照樣設壇祭拜「好兄弟們」，有個身材高大的士兵從廚房摸來一條魚，順便祭拜那隻母貓。

事情原本到這裡就應該告一段落的。

*

一樣是個月黑風高的晚上。

兩名值勤的士兵閒聊起這起貓精事件，忽地一陣冷風吹過，不知道是不是錯覺，兩人居然同時聽到了像是貓鳴的慘叫聲從遠處傳來。

兩人僵了一下，空氣頓時沈重起來，並同時感覺到有什麼東西在慢慢逼近。

「你⋯⋯剛剛有沒有聽到？」

「你、你也聽到了嗎？」

兩人的呼吸漸漸粗重，他們的手不自覺地握緊了槍。

突然從軍營裡傳來一聲慘絕人寰的喊叫，而且不只一人在慘叫，聽起來像是有幾個人同時在哀號，那聲音之慘烈，簡直比女人生孩子還恐怖。

其中一個士兵嚇得手軟掉了槍，躲在另外一個士兵身後。

「怎、怎麼回事？發生了什麼事情？」

為什麼會有那麼恐怖的慘叫聲？

簡直就像見了鬼一樣！

「我……我也不知道……」另一個士兵抖著聲音回答。

太恐怖了，真的太恐怖了！

是誰在晚上發出這樣殺豬似的慘叫聲？

沒多久軍營裡傳來雜沓的腳步聲，有許多人都從寢室裡跑了出來，探究這慘叫聲到底是從哪來的？

然後排長臉色凝重地出現了，他帶著兩名軍醫，一語不發地往慘叫聲發生的地點走去。

該死的，又發生這種事情了嗎？

上次警告還不夠嗎？

這次居然又有人再犯，而且還不只一個人！

　　　　　　＊

「貓精作祟？」

問話的，是一個二十五、六歲的青年，外表看來不甚起眼，戴著一副無框眼鏡，眼神看起來很溫和，說起話來不急不徐，讓人感覺是個很有耐心的人。

「是啊，表哥。」一身軍裝打扮的阿勇一臉苦惱地說：「前幾天營裡到處傳著，說什麼幾年前的貓精又出現了，還嚇壞了

五個阿兵哥,那五個人被排長和軍醫抬出去之後,就再也沒有回來了。」

「有這麼嚴重?」安佑似乎來了興趣。

「很嚴重啊!現在我們晚上都睡不安穩,每次風一吹來,都以為是貓在鬼叫。幾個人想去找排長問清楚,結果通通被踢回來。我還聽說負責管那幾個出事阿兵哥的班長被抓去關禁閉了耶!這實在太詭異了吧?為什麼營裡鬧鬼,要把班長捉去關?這一定有問題!」

「所以你來找我?」

「是啊,阿嬤說你能看見動物的靈魂,要我來找你去營區看看,是不是真的有貓精在作祟?」

要是鬧鬼,還可以請師公來跳跳鍾馗,但是貓精鬧事就傷腦筋了,師公只會趕人的鬼魂,不知道怎麼趕動物的靈魂。

有的師公甚至還會說,畜生哪來的靈魂?

安佑聽完後想了一下,眼光望向自己的腳邊。

他的腳邊仰躺著一隻黑兔,睡得口水亂流,一點兔子的形象都沒有。

黑兔胸前有一道很明顯的白色 V 形花紋。

「阿熊,起來!有事情做了!」安佑輕輕用腳推了推黑兔子。

黑兔子只是動一動長長的耳朵,一點都沒有要醒來的意思。

「表哥,你這隻兔子真奇怪耶!」阿勇忍不住說:「我第一次見到兔子這麼不怕人,還睡得這麼難看。而且你還叫牠什

麼？阿熊喔？哈哈哈，哪有兔子叫做『阿熊』的，以為牠胸前有個白色大V就是台灣黑熊喔？哈哈——啊！」

阿勇跳了起來。

「表哥！你的兔子怎麼會咬人啊？！」

而且咬得好痛！簡直就像刀片狠狠在他小腿上肌肉一割！

阿勇掀開褲管一看，小腿上果然皮開肉綻，鮮血汨汨流不停。

「不好意思，不好意思，阿熊最討厭人家用『熊』來開牠玩笑了。」安佑一面說一面趕忙起身去找消毒藥水。

「你這兔子聽得懂人話？」阿勇一臉不可思議。

表哥從小就和他們家裡其他人不一樣，所以他養的兔子也和一般兔子不同嗎？

聽說表哥從小就能看見貓啊狗啊等動物的靈魂，院子裡野放的母雞下的蛋，他也總是能找到，然後被母雞追得滿院跑。小時候家裡什麼老鼠兔子死掉，表哥還會煞有其事地替牠們念念往生咒，要牠們不要留戀人世，早日投胎。

而且表哥從小就吃素，一吃葷就吐個不停，也不像食物中毒，跑了幾次醫院後，家裡長輩也死心了，就讓他一直吃素。

安佑這時已經拿來了消毒藥水要幫表弟上藥，黑兔子從鼻子哼了一聲，跳到牆邊去喝水了。

「喔！表哥！你家兔子會喝水？兔子喝水不是會死嗎？」阿勇大驚小怪地叫起來。

安佑微微一笑，說：「兔子不能喝水是老一輩的錯誤觀念。

只要是動物,都會需要水分。而且阿熊還特別愛喝水,每天都要喝上兩大瓶礦泉水,簡直像水桶。」

阿勇望過去,果然見到黑兔子正努力在小小的水碗裡喝個不停,起勁得很。

「⋯⋯表哥,你真的很奇怪。」他最後小聲下了這樣的結論。

人總是對自己不了解的事情,或是自己不熟悉的事物,隨意就冠上「奇怪」兩個字,以為這樣就能解釋所有不懂的現象。

安佑被人說「奇怪」也不是一天兩天的事情了,早就習慣了。

至於他的兔子⋯⋯唉,「奇怪」也是應該的。

上完藥後,安佑對表弟說:「我過兩天帶阿熊去你營區看看。」

「帶兔子去營區?你要作三杯兔啊?哎唷!」話才說完,阿勇馬上跳了起來躲到椅子上,因為有顆黑色砲彈突然衝向他腳邊!

「哇!兔子兇器!你這兔子怎麼這麼兇?」阿勇心有餘悸地看著用後腳站在地上並狠狠瞪著自己的黑兔子。

這不是錯覺吧?他真的覺得這隻兔子在瞪他耶!

「阿熊,不要嚇人家。」安佑有些無奈,他對表弟說:「我這隻兔子,呢,脾氣不太好,除了不喜歡人家拿熊開牠玩笑,也不喜歡別人把牠當作食物,或是取笑牠個子小、腿太短、吃太多、耳朵太長、屁股太胖⋯⋯」

阿勇傻眼。

第一次聽過兔子有這麼多「禁忌」。果然是奇怪的人養奇怪的寵物。

*

只要是生物，便有靈魂。

有人以為，生靈中層次最高的自然是人類，但這也只是一家之言。誰高誰低，有時候並不是光說說就能決定，況且這個世界上並沒有絕對的事情。

以佛家的觀點為例，人雖然是唯一有佛性、能開悟的「有情眾生」，但佛書上卻也記載，魏晉南北朝時，梁武帝的皇后郗氏往生後墮入蛇身，苦不堪言，於是夜半現身於武帝寢殿，冀望武帝念在夫妻之情，為她超度以脫離輪迴之苦。武帝於是請人依據佛經寫成懺文共十卷，並為郗氏念經拜懺，此便為梁皇寶懺之由來。

據傳郗氏因武帝拜懺之舉，最終脫離輪迴，特來武帝夢中致謝。

佛典中亦曾記載，遠古時期曾發生過大旱，餓死許多人，有隻兔子發現了一位垂死的老人，卻找不到任何食物，遂決定將自己的身體貢獻給老人。兔子去找了許多柴火，請老人將火升起之後，便投入了火中，讓老人既驚訝又悲傷不已。兔子捨身犧牲的精神感動了天，遂降下甘霖，解除了旱災。

那隻兔子便是佛陀的前生。

動物自有靈性，只是看人有沒有用心去傾聽。

有的動物甚至能用簡單的肢體語言或聲音與人溝通，試著傳達自己的感情，但人與動物之間畢竟許許多多的生活方式與思考模式都完全不同，動物之間的語言，對大多數人來說，至今仍是一個謎。

西方據傳曾有索羅門王持有神奇的戒指，戴上之後便能聽懂動物語言。而在東方，則有些天賦異稟的人，他們一出生便擁有最純粹乾淨的心，不受物質世界的影響，能夠用「心」去與動物溝通，甚至連動物死後的靈魂也能看得見。

現在抱著一隻黑兔子、蹲在軍營操場上的安佑，就是這樣的人。

「阿熊，請你幫幫忙囉？」他低聲問懷裡的黑兔子，雖然他能看得見動物的靈魂，卻沒有招魂的能力。

黑兔子轉轉耳朵，從他懷裡跳下地，蹦到操場中央，用後腳站起來，然後抬起右後腳在地上用力蹬了兩下。

過了一會兒，從軍營的各處角落陸陸續續出現許多動物的靈魂，大部分都是狗與貓，也有幾隻小鳥，甚至還有一隻八哥。

這時不知道從哪竄來一隻土狗，餓了好幾天的牠看到那隻肥美的胖黑兔子，馬上衝過來想要享受一頓兔排大餐。

但那隻狗還沒跑到黑兔子面前便緊急煞車，然後像見了鬼一樣，一面哀號著一面夾著尾巴逃跑了。

安佑苦笑了一下，那隻土狗一定是見到了阿熊的「原形」。

別看阿熊是隻小兔子,其實可是大有來頭。

阿熊張望了一會兒後,一蹦一蹦地跳回安佑身邊。

「你確定軍營裡的動物都在這裡?」

阿熊抬起頭,鼻孔用力噴出一口氣,模樣活像高高在上的老大爺瞧著自己的小僕人。也不想想,牠以前好歹也算是「山大王」,現在雖然落到這個地步,但還是有幾分威嚴好嗎?只要跺跺腳,大家都得乖乖來報到。

正當安佑思考著其他可能性的時候,一聲貓叫引起他的注意。

他轉過頭,雖然燈光不是很明亮,但他的確看見了一隻三色貓!

安佑睜大了眼仔細瞧著⋯⋯那是活的貓耶。

「喵。」

「啊,是這樣嗎?」安佑總算明白了一些。「可是⋯⋯」

三色貓又「喵喵」叫了幾聲,便輕巧地跳上牆,轉眼就不見了蹤影。

安佑站了起來,往三色貓消失的地方走去。

走了幾步,他回過頭來對空無一人的操場說:「不要在這留太久了,過兩天我會來念經,大家都一起來聽。」

　　　　　*

安佑走出營區,就看見一個士兵拿著槍,在趕著一隻三色貓。

就是他剛剛看見的那一隻。

「噓！噓！走開！臭貓！」士兵很不耐煩地說。

「你不喜歡貓嗎？」安佑冷不防地問。

士兵嚇了一跳，以為是長官來查勤，回頭一看發現不過是個普通人，又擺出一臉不在乎，說：「不過就是畜生嘛！」

安佑微笑，說：「畜生也能做很多人類無法做到的事情。」

「是嗎？」士兵嗤了一聲，滿臉不信。「牠們除了養肉給我們吃之外，還有什麼用處？」

安佑的臉稍微沈了下來。

他看見一隻黑色土狗的靈魂跟在士兵身邊，那狗眼光滿是怨毒，不住對著士兵齜牙咧嘴。

安佑對吃狗肉或吃山產這類純粹為滿足口腹之慾的行為很無法釋懷，那和為了生存所需的殺生是完全不一樣的。

他正考慮要不要建議士兵替那隻狗超度時，士兵看見了他懷裡的黑兔子，眼睛一亮，說：「唷！黑兔子耶！真難得！兔子不都是白色紅眼睛的嗎？這麼稀有，一定很好吃。」

安佑決定閉嘴。

果報不是不來，只是時候未到，刻意殺生這種行為會累積非常重的惡業，往往在這一世就會嚐到苦果。

他沒有再多說什麼，腳步一轉，抱著阿熊，跟著那隻三色貓走了。

*

三色貓是來帶路的。

牠帶著安佑走了一大段路，儘挑些人跡稀少的小巷子走，還好牠仍顧及到安佑是人類，並沒有跳上牆施展飛簷走壁的功夫，而是很有耐心地在地面上慢慢走，還不時回頭看看他跟上了沒。

走到了一處公寓前，三色貓停了下來。

牠輕巧一躍，跳上公寓門前的機車，再跳上屋簷，熟門熟路地來到二樓陽台，一翻就跳了進去。

牠用小爪子抓了抓陽台的紗門，有人一面輕微咳嗽，一面替牠開了門。

就是那裡。

安佑按下了二樓的電鈴。

應門的是一個有些瘦弱的年輕人，臉色蒼白，胸口似乎不太舒服，時不時就用手撫幾下。

「請問你⋯⋯咳咳⋯⋯找哪位？」他說話的時候會一直輕微咳嗽，看起來又不像感冒，反而像是肺部或胸腔受過什麼傷。

「請問你是不是養了一隻三色母貓？」安佑問。

年輕人有些驚訝，但他的眼光隨即落在了安佑懷裡的黑兔子，過了一會兒，他決定眼前的陌生人應該不是壞人，於是慢慢讓開身子，請客人進門。

「是的。不過⋯⋯請問你怎麼知道的？」

年輕人走進客廳，一隻三色貓馬上迎了上來，親熱地在他腳邊蹭著。

「是牠帶我來的。」安佑說。

他看見那隻三色貓的身旁,有一隻幾乎花色一模一樣的貓。

「牠叫小七。」年輕人露出溫柔的微笑,摸了摸小七的頭。

「那另外一隻呢?」安佑問。

年輕人露出疑惑的表情。

「小七的身邊還有一隻貓。」

年輕人看向正半臥在沙發上,舔著自己小貓爪的小七。

明明只有一隻貓啊?

「你的貓身邊,還跟著一隻貓的靈魂,花色和小七幾乎一模一樣。」

「真的?!」年輕人很是吃驚,他再次回過頭,努力看著小七,但他再怎麼瞧,看得眼睛都疲了,還是只能看到一隻貓。

這到底是怎麼回事?

這個抱著兔子的陌生人又為何而來?

安佑把黑兔子放下地,一點也不擔心牠會被三色貓欺負。

「你知道你以前待過的部隊裡,有貓精作祟嗎?」

「咳咳……貓精……?」年輕人一激動起來,咳嗽得更厲害了。

年輕人叫做王家誠,當安佑把來龍去脈簡單說完之後,他的表情十分複雜。

「夜半裡的慘叫聲?」王家誠試探地問。

不會吧,這種慘絕人寰的事情,到現在真有人還做得出來?

「我想你應該知道，這是怎麼回事吧？」安佑看了一眼正在地板上匍匐前進，想突擊黑兔子的小七，又說：「而且是小七帶我來的。牠身邊的那隻貓靈，應該也和你有關。」

「可是……可是不可能啊……難道是咬咬嗎？」王家誠突然紅了眼眶，說：「牠是不是還在怪我……都是我不好……如果我勇敢一點的話……咳咳……」一激動起來，他更是咳個不停，整張臉脹得通紅，小七趕緊蹭到他身邊，擔憂地「喵喵」叫個不停。

好不容易等王家誠勉強平靜下來，努力調整呼吸後，在安佑的詢問下，他才緩緩說出那件事。

當年他還在當兵的時候，班長是一個很喜歡虐待動物的人，常常兇狠地用木棍把流浪狗打得半死，不然就是設陷阱去捉貓、捉老鼠，再活活燙死。

有一天，不知道從哪裡跑來一隻懷孕的三色母貓，母貓很兇，見人就咬，他就戲稱那隻母貓叫「咬咬」。雖然母貓不信任人，但只要有機會，他就會從廚房摸點剩菜剩飯，留在牆角給母貓。有時候放完假回來，也不忘帶著營養的貓罐頭給母貓吃。

咬咬似乎對他慢慢放下戒心，有時候才剛剛在牆角放下剩菜，就會一面「喵喵」叫，一面迫不急待地從躲藏的角落裡跑出來。

「哇，妳肚子好大，一定懷了很多小貓吧？」王家誠笑著對母貓說。

「喵喵。」

「妳老公呢？怎麼把妳肚子搞大了就不見蹤影？」

「喵……」

「妳看起來好像有點難過的樣子？難道是老公出意外了嗎？不過我聽說公貓都挺不負責任的，在外面常常亂搞一夜情。」

「喵喵？喵——」

「小聲點，不要亂叫，小心被別人發現。」

母貓像是真的聽懂了，不再回話，只是靜靜地用著琥珀色的眼睛看著他。

有一天，同寢室的士兵突然匆匆跑來找他，告訴他母貓出事了。

當他趕到的時候，只看見母貓滿身是血，躺在地上。

一顆子彈打穿了牠的脖子，另外一顆則留在牠的肚子裡。

他悲憤不已，眼淚奪眶而出。

為什麼要這樣對待一個生命？

而且母貓的肚子裡還有小貓啊！

顧不得自己還在值勤，他抱起母貓已經冰冷的身軀就往軍營外跑。

只要還有一線希望，他絕對不放棄。

即使救不了母貓，但是母貓肚子裡的孩子他一定要試著救救看！

「咬咬妳撐著點……我帶妳去看醫生……」

他沒有得到長官允許卻要私自外出，站崗的士兵原本不放人，但在見到他懷裡血肉模糊的貓咪後，一句話都沒有再問，甚至為他叫了輛計程車。

　　「放心，一切有我扛！」那名高大的士兵拍拍自己的胸脯。

　　王家誠清楚記得，那名士兵的右眼下有一道明顯的傷疤。

　　在計程車上，他一面安慰母貓，一面眼淚流個不停。

　　不知道是不是迴光返照，母貓居然張開了原本半閉的眼睛，虛弱地叫了一聲。

　　那是他聽到咬咬最後一次的叫聲。

　　獸醫看到母貓的時候嚇了一大跳，又見到他穿著軍服，曾當過兵的他隱約猜出發生了什麼事情，但是他沒有多問，接過母貓就馬上急救。

　　「天啊，牠懷孕了。」獸醫不敢置信。「怎麼會有人這麼殘忍……」

　　「醫生，怎麼樣？有沒有救？」他焦急地問。

　　獸醫面露絕望地搖了搖頭，但還是說：「我盡力。」

　　結果只有一隻小貓活了下來。

　　母貓的肚子裡一共有七隻小貓，他忍著淚，將那隻唯一存活的小貓命名為「小七」，要牠把母貓肚子裡全部七隻小貓的份，一起活下來。

　　母貓在手術台上嚥下最後一口氣，獸醫仍舊把牠的肚皮縫合好，給牠一個完整的身體。

　　「沒有母貓照顧的小貓，很難活下去的。」獸醫看著那隻

因為失去了母親的體溫而全身都在顫抖的小三色貓,感嘆地說。

「我會盡力的。」王家誠看著在保溫箱裡那弱小的小小生命,牠身上的花色幾乎和咬咬一模一樣。

*

「原以為事情這樣就結束了,沒想到等我從動物醫院回到軍營之後,發生了更糟的事情。」王家誠淡淡地說。

安佑靜靜聽著,偶爾他會轉頭查看阿熊,便見到牠正在和小七玩摔角,而咬咬的靈魂則站在椅子上,聚精會神地看著一兔一貓——至少外表上看來是如此——摔來滾去。

儘管身為獵食者,但小七居然佔不到一點上風,好幾次都被阿熊的肥屁股壓得動彈不得,喵喵抗議。

「班長很不高興我居然擅自離開軍營,把母貓帶去急救,有天晚上便把我找去,先是訓了我一頓,然後又丟給我一把槍,叫我也去射一隻貓,不然就要關禁閉,還要取消我所有的假。總之就是不讓我好過。」王家誠輕輕咳了幾聲,又說:「我真的不明白,欺負比自己弱小的生物,到底有什麼快感?又證明了什麼?」

「結果你做了嗎?」

王家誠搖搖頭,說:「當然沒有。」他的眼神黯淡下來,繼續說「但是班長威脅我,說要是我不去射貓,他以後就每天抓一隻貓來,在我面前弄死!那時候我幾乎要崩潰了,只想逃

離那個地方,想了很久,也到處私底下找人問,最後終於被我問到了一個方法⋯⋯」他的手撫上了自己的胸口,苦笑了幾聲。

「喵!」

淒厲的貓叫聲傳來,二人同時轉過頭,只見一隻黑兔子正勇猛地追著一隻三色貓跑。

王家誠睜大了眼,說:「我第一次看見兔子追貓。」

「呃⋯⋯不好意思,我家兔子家教不好。」安佑趕緊回到正題,問:「後來你用了什麼方法?」

「人工氣胸。」他指指自己的胸口,說:「我拿鑽子刺自己的胸膛。在軍中唯有這種人工方法,可以立即退伍。」[1]

安佑愣了好一會兒,久久無法言語。

拿鑽子刺自己的胸膛?

他沒有聽錯吧?

他低頭看了看自己的胸膛,光是想像那個畫面就夠毛骨悚然了,眼前這個看來甚至比他還斯文柔弱的年輕人,居然有勇氣拿起鑽子往自己的胸膛刺,這種劇烈傷害自己身體的行為,如果不是意志特別堅定,或是特別勇敢的人,應該是做不到的吧?

而且要是一個不小心,刺過了頭,會不會就刺到了心臟?

這根本就是在拿自己的生命開玩笑!

「當然事先我有請教過一些前輩,也量過自己肋骨的位

---

[1] 人工氣胸目前在軍中已不構成強迫退伍之條件。一般來說,通常只有在械鬥,或是極大的衝力之下,冰鑽之類的尖銳物體才有可能刺穿肌肉而深達肺部,造成人工氣胸。

置,稍微算過一下才刺的,只是還是留下了一些後遺症。」他笑了笑,卻不是很在乎。「不過沒關係,因為我這件事,班長虐待動物的事情上級也知道了,送了他好幾個申誡,假也全沒了。」

「很痛吧?」雖然知道是明知故問,但安佑還是忍不住問。

「痛,當然痛。痛徹心肺,痛得連呼吸都沒有辦法,眼前一片黑,胸口痛得像是要炸開,我全身冷汗直冒,而且我知道那時候自己的慘叫聲一定很恐怖。」王家誠想起那段往事,整個人還是忍不住打了個冷顫。「因為連我都被自己的叫聲給嚇到了。等我醒來的時候,人已經在醫院裡,因為氣胸的關係,每吸一口氣,胸口就痛得像是要炸開,痛到我一面呼吸,一面流眼淚,還一面嗆個不停。我拼命咳,好怕自己會咳出血來,但是當時心裡卻還是很欣慰,至少我終於不用去殺害貓了。」

「可是你賠上的是你一輩子的健康。」安佑說。

「如果能讓動物不再受班長的虐待,我認為很值得。」王家誠真的不在乎。「也許你很難懂,就像大多數人一樣,他們總認為動物不過就是畜生,何必在牠們身上花那麼多心思?但是動物也有靈性的,你對牠好、對牠壞,牠們都知道。我不期待牠們有一天會報答我,就像那些民間傳說一樣,我只是想讓牠們好好活著,畢竟能來到這個世界上並且生存著,都不是一件容易的事情。」

「我懂。」安佑看著他,又驚異又心疼。

人類與動物會有自殘的行為,除了精神出狀況之外,多半

都是為了自身的利益。

　　像是野外的狼被捕獸夾捉住後，會發狠咬斷自己被夾得動彈不得的傷腿然後逃逸；人類自殘則通常是為了要引起別人的注意力，或是，安佑想起自己聽過的一個例子，有人為了要領保險金，請家人鋸斷他的雙腿，這也算是一種自殘行為。

　　但是王家誠卻只是很單純地不想去傷害任何動物，這個世界上能真正為他人著想的人已經很少了，更何況是能為動物做出這樣犧牲的人？

　　他很高興，遇見了一個是真心喜歡並尊重動物的人。

　　許多人口口聲聲說自己喜歡動物，但他們口中的「動物」卻只限於自己家裡的寵物，說穿了那只是一種偏頗的溺愛，對於街上的流浪貓狗，他們並不會起任何的同情心，也不會想要去幫助牠們。

　　這時黑兔子已經征服了小七，只見牠像山大王一樣端坐在地板上，小七則乖乖地用舌頭替牠理毛。

　　安佑看見咬咬的靈魂，便對牠招了招手。

　　為什麼妳還留在這不走呢？

　　是捨不得自己的孩子？還是有別的原因？

　　咬咬跑了過來，在安佑身邊轉了幾圈，最後抬起頭，琥珀色的眼睛平靜地望著他。

　　安佑懂了。

　　「這好像有點困難……」安佑喃喃。

　　「嗯？」王家誠聽見安佑說話，便望向他。

「咬咬說牠很擔心你。」安佑說:「牠說,牠很希望看到你找到一個好伴侶,能照顧你。」

「是嗎……咬咬真貼心……你看得見牠嗎?牠好嗎?牠是不是有什麼願望沒有達到,還是有遺憾,所以才一直沒有離開?」王家誠有些焦急地問。

「牠還好,但是牠繼續待下去的話,可能就不太好了。萬物總有歸處,而不是繼續留戀這個世界。」

「那我該怎麼做?念經超度?還是……」

「我說過了,牠最希望的,是看見你能找到一個好伴侶。」

「我……」王家誠似乎有些難言之隱。

「但是這可能有點困難,所以牠到現在還沒走。」

「為什麼?」

安佑想了一下,覺得說出來也無妨,便直說了:「因為牠說,你很挑對象,所以牠有點擔心。」

王家誠一愣,然後忍不住笑了出來,那笑聲越來越大,最後變成哈哈大笑。

他一面笑,一面搗著自己的胸口咳嗽,像是很難過似的,但卻又止不住笑。

「王先生,你沒事吧?」安佑上前想要扶住他。

「咳咳……沒事……我很好……」王家誠好不容易止住笑,輕輕嘆了口氣。

「什麼事情那麼好笑?」安佑問。

王家誠抹去因為大笑而流出的眼淚。

「我在想，咬咬是不是想要替我找對象，所以要小七去把你找來？」

「……」安佑臉上出現了黑線。

「笨咬咬……」王家誠的眼眶紅了起來，聲音開始哽咽。「只要妳自己好就行了，何必還要擔心我……真是笨……我會過得很好的，妳看，我一個人還不是把小七帶大了，妳可以放心了，不要再留在這裡了，對妳……不好……」

他沒有想到，咬咬的靈魂居然因為擔心他，而一直留在這裡。

他做的也不過就是偷餵牠幾次剩飯，又替牠把孩子帶大而已，就是這樣而已……

「咬咬……不恨我嗎？」他抬起淚眼問。

「為什麼要恨你？」安佑反問。

王家誠咬著下唇，顫抖地說：「如果不是我拿食物餵牠，牠是不是就不會那麼信任人類？如果牠看到人就逃走，是不是就不會被……」

他給了咬咬信任，但這份信任，是不是反而奪去了牠的生命？

安佑搖搖頭，說：「牠不恨你。若不是你偷餵牠，牠肚子裡的孩子其實一個都保不住的……」

相比於動輒十年以上壽命的家貓，流浪貓的平均壽命只有短短兩到三年，這段期間裡，不但要辛苦尋找食物、躲避危險，因為沒有結紮，母貓還得面臨每年春天的發情期然後懷孕生小

貓，這一生過得如此辛苦，即使懷了孕也可能因為營養不良而流產，或是難產而死。

得知咬咬從未恨過自己，王家誠心中如大石般的濃濃愧疚終於卸下。

「咬咬，妳放心走……我知道了，我會努力的……」他抹去眼淚，強迫自己露出笑容。

不能再讓咬咬擔心了啊。

淚眼矇矓中，他好像見到了兩隻幾乎一模一樣的三色貓，並肩坐在他的面前，琥珀色的眼睛溫柔地望著他。

然後其中一隻站了起來，慢慢往外走，一面走還一面回頭，不時「喵喵」叫幾聲。

啊，那一定是咬咬了，牠一直是個愛說話的女生，總是靜不下來。

「再見。」

咬咬，再見。

＊

「所以軍營裡根本沒有鬧貓精這回事吧？」

安佑騎著腳踏車，像在自言自語，阿熊就坐在腳踏車前面的籃子裡，一人一兔在夜裡慢慢騎回家。

這件事不久後，他認識了一個女孩，當他告訴她這個故事時，她睜大了眼，驚訝地問：「他是有多不想當兵？寧願在自

己胸口用力刺一下，賭上性命也要退伍，離開那個地方？」

　　沒有親自體驗過軍中生活的人大概都會有這種反應，然而安佑卻很能理解，他也當過兵，也目睹過毫無理由的軍中霸凌與各種不合理要求，軍隊裡的人們來自四面八方，儼然就是另一個社會，會遇見好人，自然也會有壞人，有明事理的長官，也有濫用職權霸凌的長官，能不能平安退伍，說到底，運氣成份可能居多。

　　而那些遇到霸凌卻訴諸無門的人們，無權無勢，只能藉由傷害自己的方式離開那個地方，也是不得已的選擇吧？

　　他低下頭，看著黑兔子的後腦勺，問：「這次你好像都沒幫到什麼忙，這樣也算嗎？」

　　黑兔子的耳朵轉了幾下，然後牠轉過頭看了安佑一眼。

　　「是是是，老大你說是就是。」安佑笑著搖搖頭。

　　離目標還有一大段距離，他們得好好加油才行。

　　在紅綠燈面前停下的時候，黑兔子轉過身，狀似氣憤地用力揮了揮短短的前腳。

　　安佑嚇了一跳。

　　「不會吧？你說要是班長給你槍，逼你去射貓，你會拿槍去射班長？」

之二。掛念。

之二、掛念

王家誠站在動物醫院門口，嘆了一口氣。

應該說，這裡「曾經」是一家動物醫院，他之前就是帶著咬咬到這裡來急救的。幾年過去，醫院居然收了起來，改成了房屋仲介公司。

以前可以望進醫院內部的大玻璃門上，現在貼滿了各式各樣待售的房屋相片與資料，活像相親。

「該怎麼辦呢……」王家誠有些傷腦筋。

這幾天不知道是不是因為季節轉換，小七的身體好像不太對勁，牠變得愛睡、不太理人，一副病懨懨的模樣，昨天晚上甚至連打了幾個噴嚏，讓他很擔心。

於是今天一早他就帶著小七來這裡看病，醫院卻沒了。

「換一家試試看嗎？」他對著外出籃裡的小七問。

小七懶懶地望了他一眼，一聲不吭。

平常生龍活虎的小七變成這個樣子，一定有問題，王家誠馬上決定去找其它動物醫院。

在車水馬龍上的大街上沒逛多久，就陸陸續續發現幾家動物醫院，看來獸醫這行競爭也是越來越激烈了，大概是因為現代人都不愛生孩子，寧願養寵物吧？

他連續觀察了兩家動物醫院，第一家燈光昏暗，他看了不太放心。第二家裝潢雖然明亮簡潔，但站在門外就一直聽到犬

吠，小七不喜歡狗，他怕小七在裡頭會更不舒服，果斷放棄。到第三家動物醫院門口時，他先在門口觀察，見到一位身材高瘦的年輕獸醫，穿著白袍，正在櫃台前翻找一些資料。

當獸醫抬起臉的時候，王家誠馬上決定推門進去。

年輕的獸醫有著一張相當英俊的臉孔，他見客人上門，立刻展現出最迷人的笑容，語氣溫柔地問：「怎麼了嗎？」

王家誠微張著嘴，足足等了三秒鐘才想起來自己為什麼在這裡。

「咳咳，是這樣的，醫生，我的貓最近不太對勁，食慾不好，精神也不佳，好像生病了。」

「是嗎？我看看，請你把牠帶進診療室。」

一想到待會兒只有自己和醫生單獨兩個人在診療室裡，王家誠就有些雀躍，至於為什麼會有這樣的心情，他決定回家再好好想想。

一進到診療室，小七突然來了精神，原本無神的雙眼警戒地瞪得好大，直盯著診療室的門邊不放。

從王家誠把小七抱出來，到醫生在牠身上摸來摸去做檢查，牠的目光都沒有離開過門邊。

末了，醫生檢查完畢，對王家誠說：「檢查起來沒什麼大問題，有可能是因為季節變化不適應，有些感冒。我開點藥給牠回去吃一個星期，如果沒有改善，就再帶過來看。」

還不想那麼早就離去的王家誠，想了半天終於擠出一個話題——

「醫生,請問你知不知道這附近原本有家烏漆抹黑動物醫院?」

帥哥醫生笑了一下,說:「你是說已經歇業的烏醫生嗎?」

「是的,你認識他?請問你知道他為什麼歇業嗎?」

「還不就是跟不上潮流了?他那些都是老舊的觀念,用藥也是,診所裡的器材也都過時了。我這裡常常接到幾個那邊過來的客人,都抱怨連連,說烏醫生醫術不好。」帥哥醫生語氣裡的輕蔑藏也藏不住。

聽見帥哥醫生這樣批評曾經救過小七的醫生,王家誠的心有些冷了下來。

是不是跟不上潮流他不知道,但是烏醫生救了小七一命,光是這一點,就讓王家誠覺得自己有義務要替烏醫生說幾句話。

「我覺得烏醫生是個好醫生。」王家誠脫口說。

「喔,是嗎?」帥哥醫生顯然有些驚訝,他沒有想到有人會替烏醫生說話。

會到這家醫院來的,大部分都是口耳相傳彼此介紹過來的女飼主,很少有像王家誠這樣是在街上逛進來的,那些女飼主,不論他說什麼都百依百順,還會在網路上替他護航,儼然他的親衛隊。

「烏醫生救過小七。」王家誠說,然後簡略說出咬咬和小七的事情。

但帥哥醫生顯然不買帳,聽完之後只是不以為然地說了句:「也許烏醫生只是運氣好。」

王家誠對他的好感這下徹底破滅。

運氣好？

動物不會說話，獸醫無法對動物問診，診治時除了靠經驗，說難聽點，說是靠運氣也不為過，畢竟獸醫只能自己推敲評斷動物到底是哪裡生病了。

帥哥醫生剛剛對小七東摸摸西摸摸地檢查，不也是推測的一種？

難道說，要是他推測錯了，也可以通通歸咎於運氣不好嗎？

王家誠也知道不能因為自己個人的經驗就去判斷事實，但不管怎麼樣，烏醫生救過小七，也在小七之前，救過許許多多的動物，而且甚至還用低廉的住宿價格替學生收容流浪貓狗，並替牠們免費結紮。

在他心裡，烏醫師就是個好人，而且是位好獸醫。

王家誠沈著臉，默默地將小七抱回外出籃。

他離開診療室門口的時候，腳下突然一絆。

他回過頭，診療室的門口卻空無一物。

他也沒多想，只以為也許是自己兩隻腳不小心打架才會絆了一下。

這時醫生又說了：「小心點，很多客人經過那裡的時候都會不小心絆一下，好像是地不平的關係吧？」

王家誠心口微微一熱，接著默默狂罵自己沒用。

不過是隨口一句對客人的關心，他在開心什麼？

外出籃裡的小七突然倒立起背上的毛,弓起身子擺出威脅姿態,對著門邊「嘶嘶」叫了兩聲。

「小七?妳怎麼了?」王家誠好奇地又看了一眼診療室的門邊。

還是什麼都沒有。

據說貓的眼睛能看到不屬於這個世界的生物,難道小七見到了什麼他們看不見的「東西」嗎?

王家誠沈思了一會兒,如果真的有那種「東西」在這裡的話,對這位醫生恐怕也不是好事吧?

可是他要不要多管閒事呢?

在聽到超出他預算許多的昂貴診療費用後,王家誠決定暫時不要多管閒事。

不過是簡單的檢查,然後外加一個星期的藥,還沒有動用到醫院裡那些亮晶晶的昂貴儀器,幾張千元大鈔就飛了。

以前他帶咬咬去烏漆抹黑動物醫院的時候,急救加上手術費用,外帶小七住了半個月的保溫箱費用,都沒有這麼高耶!

當然,他知道當年的烏醫師其實給了很大的折扣,他也不是真的心疼錢,只是這家新動物醫院的診療價格實在讓人意外。

他咬牙付了錢,暗暗下定決心,下次不會再來了。

僅僅只是幾句交談,他就能感受到,這位醫生的性格有些自大,總認為自己的醫術比別人強,醫院設備也比別人新穎,所以收費昂貴是理所當然。而且他也有點受不了帥哥醫生時不時狀似不經心的情緒勒索,像是:「牠對你而言難道不是家人

嗎？如果是家人，你會那麼在意錢嗎？家人的健康才是最重要的吧？」言下之意，彷彿王家誠嫌診療費用太貴，就是不在乎小七。

小七的健康當然重要，但王家誠覺得，一個醫生的品格也很重要，起碼一個好醫生，不會在第一次來的新客人面前說別的醫生的不是吧？

他告訴自己，絕對沒有下次！

*

一星期後，王家誠發現自己很沒出息地又來到同一家醫院報到。

他只是希望讓同一個醫生來診治小七，免得病歷分散，或是用藥不同，因為每個醫生對於如何診療都有自己的經驗與見解。

嗯，就是這樣。

所以他絕對不是因為想再看到帥哥醫生那迷人的笑容才又來這裡的。

心理建設完畢，他深呼吸一口，伸手去推門，卻推了個空。

咦？這門怎麼沒有玻璃？

再仔細一看，不得了，原來他剛剛太專心替自己做心理建設，沒看到醫院裡面亂七八糟，玻璃大門破得乾乾淨淨，地上滿是危險的碎玻璃，櫃台與地面更是一片焦黑，像是被人放火

燒過！

難道是這家醫院收費太貴，客人積怨在心裡，所以放火燒院嗎？

太可怕了！

王家誠趕緊詢問附近的便利商店職員，到底是怎麼回事？

年輕的店員也搞不太清楚狀況，問了值夜班的店長，才知道昨天半夜，有幾個小混混帶著棍棒砸了這家醫院，還亂扔寶特瓶作成的汽油彈，把醫院裡頭燒得亂七八糟。

聽說帥哥醫生過來搶救的時候，還因為火勢太大，差點困在裡面出不來呢！

附近的鄰居趕忙報了警，出動消防車，事情才告一段落。

「這件事還上了新聞，先生你不知道嗎？」店長推了推眼鏡問。

王家誠搖搖頭。

當然不知道，要是知道了還會跑來嗎？

不，也許還是會跑來看個究竟吧！

「那醫生⋯⋯沒事吧？」他擔心地問。

「沒事。不過他氣瘋了，一直對來調查的警察說是有人嫉妒他的才能，才教唆那堆小混混來砸醫院。」店長說。

是這樣啊。

王家誠卻沒有想像中意外。

按照帥哥醫生那種說話方式與個性，的確是有可能得罪人，而且對方應該很生氣。

他提起裝著小七的外出籃走回醫院門口，晃了兩圈之後，正打算回家，碰巧就看見了灰頭土臉趕過來的帥哥醫生。

　　「啊，醫生，你沒事吧？」他立刻上前關心地問。

　　帥哥醫生見是他，愣了一下，隨即不太耐煩地說：「今天不營業。」

　　王家誠回頭看了一眼滿地狼藉的醫院，看也知道大概好陣子都無法營業了。

　　醫生懊惱地走進醫院裡，四處看了幾圈，回過頭來見王家誠還沒走，他的臉色變得更加不耐煩，但看見外出提籃裡的小七時，神情突然緩和下來，對王家誠說：「對不起，我心情不太好，說話口氣可能差了點。」

　　「沒關係。」王家誠低下頭，有些不好意思。

　　「你的貓沒事吧？」

　　「小七已經好了很多了，只是我不太放心，所以想再帶過來看看。」

　　「我醫院變成這樣子，也沒辦法幫你看診，你還是先去別家醫院吧！」

　　王家誠磨磨蹭蹭了一會兒後，試探地問：「醫生，我幫忙一起整理好不好？」

　　帥哥醫生有些狐疑地看了他一眼。

　　怎麼會有這麼好心的客人？

　　而且還是男客人？

　　平常都是女客人對他這樣獻殷勤、試圖討好他。

不過，也許是感激他的醫術高超，所以才想做些事情來報答吧？

　　帥哥醫生下了定論，也不再客氣，便說：「也好，那就麻煩你幫我把櫃台底下沒被燒完的資料先找出來，裡面應該還有藥品……可惡……那些都是很貴的原廠藥，希望沒事……」醫生越說越氣惱，臉色變得十分難看。

　　王家誠把小七放在一邊，開始著手幫醫生整理東西。

　　由於他胸口有舊傷，彎腰或是稍微用力的時候，就會咳得比較厲害些，他咳了幾次之後，醫生終於忍不住問：「你還好吧？要不要先回去休息？」

　　「沒關係，這是老毛病了。」

　　醫生一愣，隨即臉色一白。

　　「難道你有肺結核？」

　　拜託！有這種傳染性疾病就不要到處亂跑好嗎？！

　　醫生立刻拉開距離，一臉驚慌地想要找口罩，嘴巴閉得死緊，看那模樣八成鼻子也暫時停止呼吸了。

　　「不，這不是肺結核。只是……」

　　王家誠想了想，決定據實以告，免得又添更多誤會。

　　醫生聽完之後，滿臉驚愕。

　　「你居然為了一隻貓搞人工氣胸退伍？」他上上下下打量王家誠，懷疑這個人是不是精神不正常？

　　動物的生命雖然也很珍貴，但是會比人自己的生命還重要嗎？

這實在太匪夷所思了。

王家誠又稍微提及了遇見安佑與咬咬的靈魂，至於咬咬擔心他未來伴侶這件事，他避過沒提，不過他偷偷瞄了帥哥醫生一眼。

「動物的靈魂嗎……」醫生的臉色突然有些不安，他的眼光先是游移了一會兒，最後停留在診療室的門邊。

「你相信動物會有靈魂嗎？」他問王家誠。

王家誠點點頭，說：「只是我們看不見而已。」

醫生一臉猶豫，像是在思考到底該不該說出口，最後他終於說：「那個……其實我好像看到了你說的動物靈魂……」他緊張地嚥了口口水，見王家誠眼神真摯，沒有任何嘲笑他的意思，這才又繼續說下去：「昨晚這裡失火時，鄰居打電話通知我，我馬上就衝了過來，那時候火已經很大，我心裡掛念著那些昂貴的醫療器材，還有電腦裡的資料，不顧一切就衝了進去。搬了幾件器材出來後，我力氣也用得差不多了，結果抱著電腦主機要跑出去時，在診療室的門邊不小心被絆了一下。對，就是你們很常被絆倒的那個地方。」他心有餘悸地望向診療室的門邊。

「我大概是撞到了頭，暈了過去，迷迷糊糊間，我聽到一聲狗叫，立刻就醒了過來！我一睜眼，四周已經是一片大火，那時我心想完了，看來這次要葬身火海了，可是沒想到……沒想到……」向來口才流利的醫生忽然結巴起來，還是王家誠問了一句：「沒想到什麼？」他深吸一口氣，這才繼續說下去。

「我眼前突然出現一隻黑色的大狼狗，牠直直看著我，然後對我叫了一聲，那聲音整個在我耳裡炸開，我一下子就清醒過來。狼狗往前走，還不時回頭看我，像是要我跟著牠走。我也不知道怎麼了，就像失了魂一樣，乖乖跟著牠走。那時候我還有以為牠是地獄派來的使者，要接我到陰曹地府去了。你應該也知道吧？古埃及文化裡，黑色的狗就是死亡使者的化身。」

「可是你沒死啊。」王家誠說。

帥哥醫生看了他一眼，一臉「你這不是廢話嗎？」

「我知道。那隻狗帶我走了出來。牠經過的地方，火勢最弱，我幾乎沒怎麼燒傷，只是臉被燻黑了而已。」

說完之後，醫生搓了搓自己的雙手，再次開口時，聲音不再有以往的自信，音量也小了不少：「我想……我認得那隻狼狗。我沒記錯的話，牠是條軍犬，還很年輕，被帶來做結紮手術。那時候我才剛開業沒多久……呃……經驗和技巧都沒現在這麼好……又有點太輕忽，忘了先驗血……結果那條狼狗因為對麻醉劑過敏，當然也可能是牠先天心肺功能不好，所以就……」醫生欲言又止。

「死在手術台上了？」王家誠替他說下去。

醫生連忙辯解：「這種事情其實也不少，不是每一台手術都是安全的，手術嘛，總是會有些風險，我運氣不好，所以才——」

「這種事情和運氣無關吧？」王家誠糾正他。

「可是有時候你就是不知道動物上了手術台會死啊！」醫

生突然聲音大起來,努力為自己辯解。「也有很多動物天生膽小,一上了診療台就因為過度緊迫而死亡,獸醫又不是神,不可能每一隻動物都救得活!」

王家誠心裡真的很想翻白眼。

為什麼自己犯錯的時候就說得這樣理直氣壯,對別人的錯誤就嗤笑不已?

運氣?別人醫得好,就是運氣好,他自己醫死了,就是運氣不好?

這樣的雙重標準,只不過是來自無聊的優越感吧?

帥哥醫生還在滔滔不絕地說著:「總之,我開業後只碰過這一隻狼狗,當然也許那隻狼狗不是我以為的那一隻,說不定是別家不小心醫死的,或是被車撞死的,或是之前——」

「夠了。」王家誠實在聽不下去了,向來有禮的他出聲打斷:「醫生,不管怎麼樣,牠都救了你,不是嗎?」

「啊,是沒錯……」醫生終於閉上嘴。

過了一會兒,他彷彿在自言自語,說:「但是我還是很好奇,這隻狼狗為什麼會出現在火場裡?牠和我有什麼關係嗎?」

如果那隻狼狗真的是死在他手術台上的那一隻,那為什麼牠要救自己呢?

怎麼想都不可能吧?

還是當時他以為自己就要死了,過去所犯的錯誤像走馬燈一樣出現在眼前,所以他才見到了那隻狼狗?

不對，不是錯誤，不可能是他的錯誤。

只是運氣不好。

但左思右想，他就是無法對那隻突然出現的狼狗釋懷。

「王先生，可不可以請你那位朋友來這裡看看？」醫生的態度變得非常客氣。

不弄清楚的話，他總覺得忐忑。

說不定這場無妄之災，和那隻陰魂不散的狼狗有關？

王家誠猶豫了一下，還是答應了醫生。

因為，他也很想知道，那隻狼狗的靈魂，為什麼仍留在動物醫院裡，不願離去。

＊

晚上，安佑騎著腳踏車，前面車籃裡帶著阿熊，一人一兔往王家誠提及的動物醫院出發。

安佑喜歡在晚上帶著阿熊出來「辦事」，因為阿熊是黑色的兔子，在晚上比較不引人注目。

他在一個轉角處等紅綠燈的時候，耳裡突然聽見有人問他──

「你有看見我媽媽嗎？」

那聲音有些氣惱，也有些不耐煩。

他回過頭，四下無人。

正狐疑著，阿熊站了起來，目光直盯著轉角處不遠的一家

房屋仲介店門口。

　　好幾隻鴿子正聚那裡，爭著吃一些散落鳥食，仔細看，牠們身上多少都帶著傷，不是翅膀折了，就是腳瘸了，甚至還有斷腳的。

　　阿熊抬起厚實的後腿，用力朝腳踏車籃子一踢，發出響亮「鏗」的一聲，那些鴿子被嚇得逃竄，於是露出一個朦朧的白色小不點。

　　「你有看見我媽媽嗎？」

　　原來是這白色的小不點在問他。

　　安佑有些驚訝，很少會有動物的靈魂這麼大膽，敢主動和他攀談。

　　和人的靈魂一樣，動物的靈魂平日和活著的人與動物都是保持距離，井水不犯河水，各過各的日子。有的動物靈魂甚至還會怕人，因為生前被人類虐待得太慘，那恐怖的記憶即使在牠們死後，也深深烙印在心裡。

　　安佑把腳踏車慢慢騎往仲介店門口，看清楚了那白色的小不點原來是一隻兔子。

　　一隻白兔的靈魂。

　　白兔端坐在地上，紅色的眼睛裡有著少見的倔強，牠望著安佑，又問了一次：「你有看見我媽媽嗎？」

　　安佑一頭霧水，他看了看阿熊，只見牠也從車籃裡站了起來，顯然對那隻膽大的兔子很有興趣。

　　安佑把腳踏車停在一旁。

「你在這裡等多久了？」他問白兔。

　　他看見白兔的身體帶著盈盈的綠光，雖然他還沒有自己實際看過，但阿嬤告訴過他，這是動物靈魂要成精的徵兆。

　　成了精之後，就再也無法入輪迴道，多半會危害人間，成為傳說中的精怪。

　　白兔見安佑真的聽見了自己的話，又是高興又是驚訝，牠站起身來，對著安佑轉了轉耳朵。

　　「原來你已經等了這麼久啊。」安佑說。

　　　　　　＊

　　王家誠見安佑騎著腳踏車過來，連忙迎了上去，開口就問：「你怎麼遲到這麼久？」

　　「不好意思，路上有些事情耽擱了。」安佑帶著歉意說。

　　他很想幫那隻白兔，但一來白兔自己也搞不太清楚狀況，不曉得自己待的地方已經不再是動物醫院門口了，二來白兔固執地不願離開那兒，非要等到牠口中的「媽媽」來為牠送行，牠才願意離開這個世界。

　　折騰了半天，安佑答應白兔，等今天晚上的事情解決之後，他一定會回來幫忙找到牠的「媽媽」，讓牠不再有遺憾，能安心離開這個世界。

　　他把阿熊抱在自己懷裡，和王家誠身旁的醫生點點頭，算是打了個招呼。

接著他往醫院裡一看，馬上就看到了那隻狼狗的靈魂趴在診療室門邊。

　　阿熊扭動一下胖胖的兔子屁股，從安佑的身上跳了下去，直直蹦向狼狗，一點也不害怕。

　　「那兒的確有一隻狼狗的靈魂。」安佑對著兩人說。

　　醫生的神色更加不安，連珠砲地問：「牠是不是很恨我？因為我讓牠死在手術台上？可是我真的不是故意的，手術本來就有風險，連人手術前都要簽同意書了，我只是⋯⋯」

　　安佑看了他一眼，問：「沒有人在怪你，你為什麼這麼緊張？」

　　「如果不是這樣，為什麼那隻狗要一直待在這裡？」醫生不解地問。

　　「阿熊幫你去問了。」

　　醫生看向那隻在診療室門口嗅個不停的黑兔子，一臉疑惑地問：「你是說這隻黑兔子？」

　　「別小看牠。」安佑說。

　　帥哥醫生頭有些疼了。

　　他當時是不是太累了，或是火災裡缺氧過頭，所以才會產生幻覺，見到那隻狼狗？然後又隨便聽信一些莫名其妙的胡說八道，還真的請來一個「動物通靈師」⋯⋯他明明念的就是醫學，怎麼還會去相信這種邪門歪道？

　　還請兔子來通靈哩！

　　笑死人，兔子不是最膽小？怎麼可能在見到那麼大隻的狼

狗後，還一副老神在在的模樣？

醫生正想請安佑帶著黑兔子離開，安佑突然轉過頭對他說：「我知道了。」

儘管對這樣的迷信嗤之以鼻，但安佑這樣一說，醫生的心還是忍不住抖了一下。

「那隻狗的確是死在你的手術台上。」

醫生的臉色瞬間變了。

果然是來報復他的嗎？

「但是，牠並不恨你。」安佑的雙眼平靜地看著他。「牠知道你是獸醫，專門解救動物的病痛，所以牠很欽佩你。牠留在這裡，就是希望有一天，牠能夠幫助你。那天在火場裡，也的確是牠帶著你離開的，因為牠希望你可以活下去，繼續醫治更多的動物。」

醫生愣住了。

足足過了半分鐘，他才一臉不敢置信地問：「就真的只是這樣而已？牠不恨我？一點都不恨我？」

安佑搖搖頭。

即使是死在他的手術台上，牠卻不恨他，甚至還救了他。

「看來牠死後，靈魂就一直留在醫院裡，牠最喜歡躺的地方，就是診療室的門邊。」

三個人一起望向空蕩蕩的診療室門邊。

只有安佑看見那隻狼狗搖了搖尾巴。

那是一隻體型壯碩的年輕狼狗，僅管外表看似兇惡，眼神

卻善良溫柔。

即使是人，恐怕都很難做到這樣吧？

總是趾高氣昂的醫生，不禁低下了頭。

他的心裡浮現了沈重的愧疚感，狼狗的舉動讓他感到深深的慚愧。

在他的觀念裡，付出與幫助不過是另外一種形式的交換利益，他絕對不會平白無故地去付出。如果別人虧待了他，他也不會以德報怨，甚至還可能在對方遭遇困難的時候，大聲嗤笑，落井下石。

是動物太笨，不懂得人類之間這種錯綜複雜的人際關係？還是牠們的心太單純，從來不會去想這些爾虞我詐？

他不了解，卻又好像有些了解。

有時候，動物所展現的情操，連人類都會汗顏。

「你不喜歡那隻狼狗留在這裡嗎？」安佑又問。

醫生想了想，誠實地說：「我不知道。」猶豫了一下，又問：「牠一直留在這裡好嗎？」

「不太好。動物死後都有該去的地方，太留戀這個世界，對牠們不好。」

「那該怎麼辦？」王家誠問。

這時阿熊蹦了回來，用嘴咬了咬安佑的褲腳。

安佑把牠抱了起來，對醫生說：「你的個性太高傲自大，常常瞧不起同行，很容易樹敵，所以狼狗很擔心。牠本來希望能一直留在這裡，有機會就幫你。但如果你希望牠能早日離開，

就得讓牠不要再為你擔心。」

醫生垂下目光。

其實這次醫院被砸毀縱火，他隱約猜想過原因，可能是自己過去太招搖，口無遮攔所導致的後果。雖然表面上他氣憤不已，但其實心裡還是有些害怕。

今天砸醫院，誰知道明天會不會有人拿著西瓜刀來砍他？

也許他是該收斂一下。

但這可不是他承認自己的醫術不如人，或是專業技術不夠好喔。

有能力的人最好都要深藏不露，免得招人妒忌嘛！不然最後惹禍上身，豈不是得不償失？

最重要的是，他以後要更小心醫治動物，不要再讓牠們死在自己的手術台上，不不不，這不是因為愧疚，是因為……如果他的醫院裡到處都是死去動物的靈魂，想想也挺可怕的。

嗯，就是這樣。

「我知道了，我以後會注意的。」醫生像是下定了決心，自己用力點了點頭。

讓那隻狼狗離開吧！不要再掛念了。

安佑走到診療室門邊蹲下，拿下手腕上的佛珠串，放在右手。他又伸出左手，從阿熊的肚子上摸出一罐小小的金剛砂。

阿熊身上一直帶著這罐金剛砂，因為是用黑色的繩子繫著，砂瓶又貼在牠的肚子上，一般人不注意的話很難看見。

安佑以低沈的嗓音吟唱佛號。

右手佛號，左手金砂。
佛號聲中悟解脫，金砂浴裡踏歸途。
世間已無留戀，莫念遺憾牽絆。
一路好走，來世有緣再相逢。

金剛砂緩緩落下，在那抹金砂下，那隻狼狗又搖了搖尾巴，眼裡似乎還帶著一些憂心。

「不用擔心了。醫生說他知道了，你可以安心地走了。」安佑輕聲說。

狼狗又望了一眼黑兔子，突然張開嘴，「汪汪」叫了兩聲。

這兩聲狗吠，在場的三個人都聽見了。

在金剛砂落盡的那一刻，整間醫院忽變得異常安靜。

有什麼東西消失了。

醫生突然有一種失落感。

原來那隻狼狗已經在這裡很久了，牠存在的感覺一旦消失，屬於這醫院裡的一部份也跟著消失了。

醫生看著診療室的門邊，知道以後再也不會有客人在那兒不小心被絆倒了。

「謝謝你，阿豹。」他情不自禁地對著空蕩蕩的診療室門邊道謝。

他想起來了，那隻狼狗的名字。

牠叫做阿豹。

似乎從很遙遠的地方,又傳來一聲狗吠,彷彿在回應醫生。

＊

離開醫院的途中,王家誠問:「為什麼那隻狼狗突然對阿熊叫兩聲?」

其實他更好奇的是,為什麼阿熊不怕狗叫?

他印象中兔子一向很膽小,他甚至聽過有兔子被狗活活嚇死的例子呢!

安佑牽著腳踏車,陪著王家誠走上一段路,他看著車籃裡的阿熊,笑著說:「那隻狼狗要阿熊多多加油。」

「加油?為什麼?」王家誠問。

安佑笑而不答。

「難道阿熊是一隻帶有使命的兔子嗎?」王家誠隨口說了一句,然後自己也覺得好笑。

不過就是隻不知天高地厚的膽大兔子而已嘛。

安佑臉上的微笑更深了,但是他還是什麼都沒有說。

這個祕密,他一個人知道就夠了。

＊

後來,安佑在報紙上又見過一次這位醫生。

不是因為動物醫院又被砸了，而是帥哥醫生站出來替退役的軍犬發聲。

過往的軍犬向來被視為重要軍品，不輕易外流，即使年老退役後也不允許讓一般百姓認養，牠們的下場要不是成為軍營中的流浪犬，就是被關在狹小的犬舍裡等待老死，即使病痛纏身，也往往得不到充足的治療經費。軍中有人不忍，曾幾次尋找方法，想讓這些辛苦奉獻國家的軍犬至少在晚年能得到安養，帥哥醫生得知後，自告奮勇站出來，透過關係聯絡媒體，甚至找到立委，最終，在媒體與輿論的影響下，軍方終於同意了開放退役軍犬的認養。

「他雖然臭屁了點，收費也貴了點，但我想，他是在乎這些動物的。」王家誠說。

王家誠一直在社群媒體上追蹤著帥哥醫生，不過他只是默默追蹤，可沒做出什麼騷擾舉動。

他傳了一張相片給安佑，是帥哥醫生一臉得意地站在鏡頭前，身旁是他領養的退役軍犬，那是一隻十一歲的德國狼犬，鼻頭上的毛髮已呈灰白，雖見老態，卻仍站得挺直。

「叮咚」一聲，手機響起訊息聲。

「醫生說，牠叫阿豹。」王家誠在傳給安佑的訊息上這麼說。

安佑看著手機上的相片，露出微笑。

湊在手機前的黑兔子不以為然地從鼻孔哼哼兩聲。

安佑笑著說：「是啊，他還是那麼愛出風頭，不過，別擔心，阿豹會保護他。」

之三。等待。

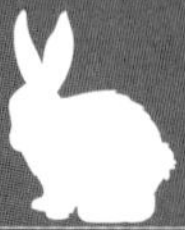

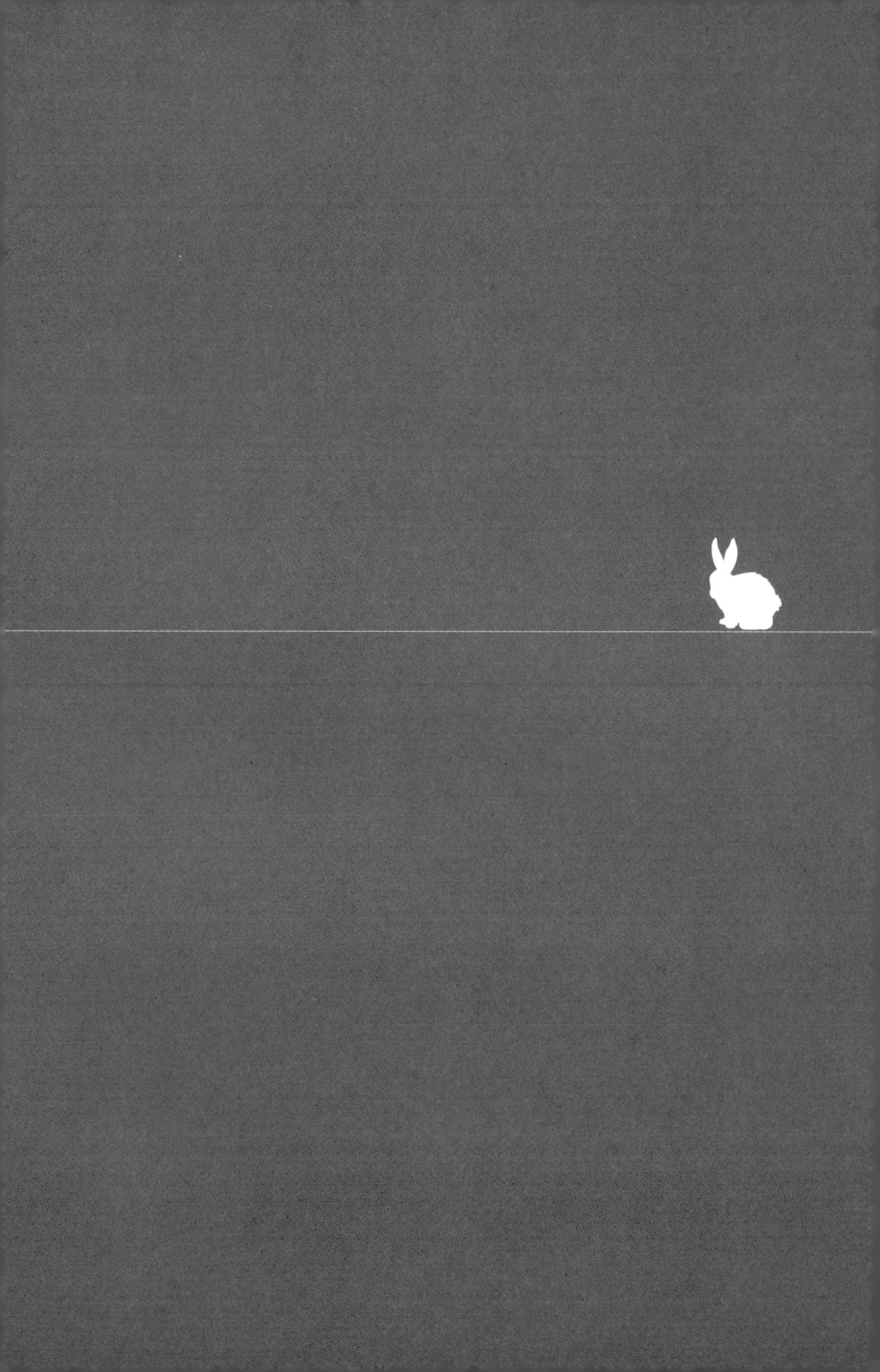

之三、等待

好久喔。

我等了好久、好久。

從白天等到晚上,又從晚上等到白天。

為什麼媽媽還不來呢?

好寂寞喔。

可是沒有見到媽媽最後一面之前,我不想離開這裡。

我好想媽媽啊。

我一直等啊等啊,卻不見那個熟悉的身影與聲音。

媽媽是不是忘記我了?

可是我相信她不會的。

但是……等待就像一個無邊無際的大洞,望也望不盡,好像隨時會掉下去那個洞裡。

媽媽要是再不來,我就真的會掉進去了。

「你有看見我媽媽嗎?」

牠搖搖頭。

即使牠有翅膀,也無法展翅離開那個地方。

牠也在等待。

只是牠還活著,我已經死了。

*

「要找烏漆抹黑醫院的烏醫生？」帥哥醫生在電話那頭問。

「嗯，我有點事情想請問他。」安佑說。

「該不會又是什麼動物靈異事件吧？」

「……還不確定。」

「是不是有死掉的動物靈魂徘徊不去？這應該很常見吧？就算是醫術再好的獸醫，也不是百分百──」

安佑打斷他：「找得到嗎？」

「找得到什麼？」

「烏醫生。」

帥哥醫生說雖然他不認識這位烏醫生，但可以幫忙問問，或透過獸醫師公會聯繫找人。雖然他答應幫忙，不過條件是安佑之後一定要告訴他，為什麼要找烏醫生。

安佑一直記掛著那隻白兔，他先試著向那家房屋仲介打聽，但店長說他並不知道烏醫生的下落，也不清楚他為何要歇業。

安佑試著在網路上搜尋烏醫生的下落，但什麼資料都沒找到，看來烏醫生相當低調，不喜歡在網路上出沒。

於是安佑想到了那位帥哥醫生。

獸醫界這個圈子說大不大，說小也不小，總是有幾個人互相認識，串一串關係，即使已經退休或歇業，透過當初在獸醫師公會留下的資料，也多半能問出下落。

隔天安佑就接到了烏醫生的電話。

說實話，他有些驚訝，沒想到烏醫生會親自打電話給他。

電話裡的聲音有些蒼老，烏醫生似乎並不想約出來見面詳談，聽完安佑的敘述後，他在電話裡就把情形說了個大概。

　　烏醫生說，他沒記錯的話，他知道那隻白兔在等誰。

　　那已經是三年多前的事情了。

　　那一天，有一個穿著火辣清涼的檳榔西施，哭花了一張臉，頭髮不知為何還帶著焦味，抱著一隻背部幾乎被燒得體無完膚的大白兔到他醫院來求診。

　　烏醫生嚇了一跳，忙問是怎麼回事？

　　檳榔西施只是一直哭，哭到臉上的妝都糊得亂七八糟，話也說不清楚，最後烏醫生勉強才拼湊出前因後果：這隻兔子是檳榔店裡的一個小流氓在兔年時為了應景買來的，但是他根本不知道怎麼照顧，平日對白兔也是愛理不理的，她不忍心，便常常偷塞一些青菜水果給那隻可憐的白兔吃。

　　那天晚上，流氓打架，有人打輸了氣不過，抱著汽油桶就要來燒店，住在店裡的白兔平白遭了殃，汽油潑在牠的背上，又被火燒著了，兔子痛得在籠子裡慘叫不停[2]，她聽了實在心疼，冒著火把兔子給救了出來。

　　檳榔西施不但頭髮都燒焦了，手上也有燒傷，但她不顧自己的傷勢，只是一直求著烏醫生：「小白一定很痛，我從來沒有聽過兔子叫！而且叫得那麼撕心裂肺！醫生你一定要救救牠，牠真的好可憐……」

---

[2] 兔子雖沒有聲帶，但在極度恐懼或痛苦下，的確會發出如孩童般的尖叫聲，那是空氣在喉嚨裡受到肌肉擠壓，快速通過喉嚨時產生的鳴聲。

其實烏醫生醫治兔子的經驗並不多，因為兔子價格十分便宜，尤其是這種隨處可見的紐西蘭大白兔，多半都被當作皮毛兔或是肉兔來飼養，或是隨時可更換的實驗動物，甚至是寵物店裡蟒蛇的食物。牠們上一次醫院求診的診療費用，往往就能再買上兩、三隻，兔主人面對兔子生病，多半選擇直接放棄。

檳榔西施說，她已經跑了好幾家醫院，但醫生都拒收，不願處理這種棘手的情況，甚至還有男醫生惡意開她玩笑，說兔子這麼便宜，何必花錢醫治？檳榔西施賣兩包檳榔的錢都能再買一隻了。

烏醫生看了一眼她小心翼翼抱在懷裡的兔子，發現牠雖然痛得全身劇烈發抖，但是紅色的眼眸仍透露出強烈的求生意志。

我不想死。

我好想活下去。

「好，我盡力。」他小心接過兔子，心裡卻知道，這多半又是一項只能指望奇蹟的任務。

每每見到那些主人焦急無助的眼光，他就覺得自己身負重責大任，但是他並不是神，並不能把每一隻動物都救活啊。

讓主人的期待落空，甚至是遭受到不理解的責難，他真的已經有些倦了，可是為了動物們，他仍然在撐著。

「醫生，謝謝你！謝謝你！」檳榔西施居然激動得想要下跪，烏醫生連忙阻止。

「小姐，先不要這麼激動。其實我也不太有把握，畢竟背上的燒傷面積太大了……」他看著白兔背上那血肉翻出的慘狀，

心裡也是一陣痛。

動物何辜，為何要遭受這樣的虐待？

白兔終究是沒有撐下來。

經過一個月的治療，牠的病情時好時壞，背上大範圍的燒傷感染一直無法控制住。

檳榔西施每天都帶著白兔來上藥、吃藥，一點都不嫌煩，也不在意自己花了多少錢。

直到有一天，她又哭著跑來找烏醫生。

「醫生……小白牠撐不下去了對不對？」

烏醫生不忍心說實話，但是依照這個情況來看，這隻白兔隨時可能因為敗血症而死亡。因敗血症而死亡的動物，在死前會非常痛苦，且因為全身感染，死狀也會很悽慘。

「小白一直很痛苦對不對……如果……如果牠真的活不下去了，是不是讓牠早點脫離痛苦比較好？」她哇的一聲又大哭起來，說：「我也很捨不得啊……小白就像我的小孩，我每天都抱著牠睡覺……醫生，你也知道，我們這一行常常被客人欺負、吃豆腐，但是又不能抱怨。我也知道大家都看不起我們這種檳榔西施……可是只有小白不在意……不管我有沒有化妝，不管我穿得多還是穿得少，牠以前每次見到我都會很高興地站起來打招呼，可是……可是牠現在連站都站不起來了……看見牠這樣，我真的很難過……醫生，我該怎麼辦才好……」化著濃妝的臉又哭花了，露出底下依舊年輕的女孩臉龐。

她真的好年輕啊，應該還不到二十歲吧？

「如果真的不行，就讓牠安樂死吧。」烏醫生只能這樣建議。

　　「安樂死？」

　　「注射過量的鎮靜劑，牠就像睡著了一樣，只是再也醒不過來。這樣牠就不會再受這麼多痛苦了。反正⋯⋯依這個情況來看，我想牠也撐不了幾天了。」烏醫生痛心地說出實話。

　　檳榔西施沒有說話，愣愣地站在那裡，眼淚還在不斷地掉。

　　那天晚上，她打電話來，說願意讓小白安樂死。

　　　　　　＊

　　「大致的情形就是這樣。」烏醫生在電話那頭嘆了一口氣。「我到現在都還記得給白兔安樂死的那天晚上，她哭得有多傷心。可是她一面哭，又一面強迫自己不許哭，說這樣小白會捨不得離開這個世界。我給白兔注射鎮靜劑之後，就讓她帶著白兔到我醫院後面，讓她陪牠走完最後一程，然後將白兔的遺體交給相關業者處理。」烏醫生停頓了許久，想是在回想當時情景。

　　「她真的是一個很善良的女孩。」他最後輕聲說。

　　安佑看著自己面前正目不轉睛地盯著電視新聞的黑兔子，心裡也是許多感慨。

　　「烏醫生，請問您還有沒有那位小姐的連絡方式？」安佑問。

「我的資料多半都過時了,我也不知道那位小姐在哪裡。但是如果你有心的話,我可以把她以前的資料給你。其實我不應該洩漏客人個資,但是……請你一定要幫那隻白兔。」

「我一定會的。」安佑說。

安佑記下資料後,烏醫生突然又問:「你真的看見了那隻白兔的靈魂?」

「是的。」

「那……你在那裡,還有沒有看見其他的動物靈魂?」烏醫生有些遲疑地問。

「沒有,只有那隻白兔。」

「是這樣嗎……」他聽起來像是鬆了一口氣,卻又像是有些失望。

「烏醫生,我知道這樣問有些冒昧,但能不能請問您為什麼不做了呢?」

電話那頭沈默了許久,才傳來回答:「無力感吧,當初只是單純地想幫助動物,卻發現自己改變不了這個大環境。很多時候,動物明明都是有救的,卻因為主人不願意或是有困難,只能放棄求生的機會。有好幾次,主人把車禍的動物送到我這兒來,明明可以試著開刀救救看,但主人不是嫌麻煩,就是沒有錢。即使我願意免費開刀治療,他們也不願意,說是不想欠人情,其實也可能是嫌手術後的照料太麻煩吧?每次聽那些主人這樣說,我心裡就又氣又難過,我只想救動物而已。但在這樣的環境裡,光有理想的獸醫是撐不下去的。」烏醫生自嘲地

笑了笑,又說:「不,我不應該這樣說。我只能說,是我自己不夠堅強,沒辦法在現有的環境裡生存,又無力去改變環境,也很固執地不願意去改變自己,所以只有放棄。」

安佑不知道該說什麼,但是他想,這種無力感,他多少了解一些。

越接近動物的喜怒哀樂,尤其是在都市裡的這些動物,便越能體驗到人類對動物的態度,很多人常常忽略了動物的需求,甚至不把牠們當成動物,而是當成會吃會喝的玩具,或是追求流行的炫耀品。

「如果還有什麼我能幫忙的,請儘管說。」烏醫生說。

「謝謝您,烏醫生。」

「不用謝,這是我該做的。」

安佑猶豫了一下,還是說了出來:「您救了很多生命,積了很多功德,一定會有善報的。」

烏醫生輕聲笑了起來,似乎不以為然,說:「我太貪心了,總想著要讓動物在我手上起死回生,自己卻一直看不透生死其實就是無常,無法接受動物死亡的壓力。每一次見到動物死在我手上,我都覺得自己罪孽很重。」

「您已經盡力了。那些動物不會恨您的。」

「真的是這樣嗎⋯⋯」烏醫生在電話那頭陷入沈思,良久後才說:「其實,我以前不太相信通靈這種事情,不過有時候,我還真希望自己也有點這種能力,至少這樣就能知道,那些死在我面前的動物,到底是為什麼死去,下次我就會特別小心。」

「醫生，您是看不到的。」安佑說。

「喔？為什麼說得這麼篤定？」烏醫生語帶好奇。

「會做醫生的人，不管是人醫還是獸醫，八字都很重，所以不會受鬼怪邪神侵擾。用老一輩的民間講法，是命中帶把刀，砍盡所有病惡，但那把刀也讓鬼靈不敢靠近。」

「這倒挺新鮮的，第一次聽到有人這樣說。」烏醫生沈吟了一會兒，似乎在自言自語：「只是不知道這樣的命格適不適合修行⋯⋯」

「修行？」

「算了，告訴你也無妨，我出家了。」

「什麼？」安佑嚇了一跳。

「也許是對現實感到無力，所以想在精神層次上試著求得解脫吧？反正我沒有家累，又不是獨子，父母也已經過世了。其實我現在正在打禪修行，應該要禁語。但我接到了家人的留言，說有位獸醫要找我，就忍不住擔心起來，想著是不是以前醫治過的動物出了什麼事情？我一直擱不下，師父看不下去，破例讓我出來打這通電話給你。好險我打了電話，不然那隻白兔又要多等一個多月了，我打的可是七七四十九天禪。」

*

過了幾天後，安佑憑著烏醫生給他的資料，找到了那家檳榔店，但是那位檳榔西施早就已經辭職了。

店老闆嚼著檳榔對他說：「那個兔女郎啊，後來突然不做了，現在也不知道到哪裡去了。不過我有她老家的地址，你可以去問問看。」

兔女郎的老家在屏東，安佑帶著阿熊坐了好久的火車，又轉搭了好久的客運，才終於來到屏東鄉下一處偏僻的小村子裡。

一問之下，兔女郎小姐到台北去工作了。

轉了一大圈，又回到起點，安佑也不氣餒，帶著阿熊就趕上了當天的火車回台北。只是這可苦了阿熊，牠不習慣坐火車，在車上暈得亂七八糟，整隻兔子攤平在外出籃裡，像張兔子地毯。

第二天，安佑讓阿熊先在家休息，自己獨自去兔女郎工作的地方找人。

結果——

「她離職了。」公司的人事小姐這樣說。

安佑快昏倒了。

但一想到白兔還在癡癡等著她，安佑馬上又振作起精神追問：「請問妳知道她到哪裡了嗎？」

「我不太清楚。不過之前好像有聽她說過，終於存夠錢了，要去唸書了。」

「唸書？是哪一間學校？」安佑又燃起一線希望。

「這我就不清楚了。」

希望再度破滅。

安佑很氣餒地回到家裡，他想了一下，腦袋裡突然閃過一

個念頭。

他馬上打開電腦,在搜尋網站上打上那個女孩的真實姓名,又打入「獸醫系」三個字。

他果然在某間大學獸醫系去年的新生入學名單上找到了她!

　　　　*

安佑在獸醫系系館的門口攔住一位剛做完實驗的女學生,問:「請問這裡有一位秦晶晶小姐嗎?」

女學生馬上回答:「你找兔女郎嗎?她今天沒來上課喔。」

安佑簡直失望到很想跪倒在地上。

他是不是和這位兔女郎沒緣份啊?

為什麼怎麼找就是找不到人?

「你找她有什麼事情嗎?」女學生又問。

「呃……我是她的朋友,很久沒見了,難得上台北,想要見見她。」安佑胡亂編了個理由。

「這樣啊,那我告訴你,她的宿舍在哪裡。對了,也請你順便轉告她,要是解剖課再不來上課,教授可是會當人的喔。」

安佑點點頭,謝過了那位女學生。

他來到女生宿舍大門口,在被女舍監嚴格身家調查了二十分鐘後,才在舍監的注目下,獲准進入女生宿舍裡。

走到三零一號房前,還沒敲門,他就聽到裡頭傳來斷斷續

續的哭聲。

安佑猶豫了一下,還是輕輕敲了敲門。

沒過多久,一個嬌小清秀的女孩打開門。

她的眼睛還是紅紅的,眼皮也腫了起來,像是已經哭了很久。

「請問,是秦晶晶小姐嗎?」

「我是。」女孩狐疑地看著他,問:「請問你是哪一位?」

安佑終於鬆了一口氣,接著便把他來此的原因說了出來。

秦晶晶一聽,才剛止住的眼淚又噴湧出來,她不敢置信地搗住自己的嘴,雙眼不斷冒著淚花問:「真的?小白還在那裡?牠一直在等我?!嗚哇──」她放聲大哭起來,膝蓋一軟就蹲了下來,引來不少其他宿舍女學生側目,開始竊竊私語:

「哇,是分手了嗎?」

「真差勁,還跑來女生宿舍提分手……」

「那不是獸醫系的女生嗎?還不把那個渣男拖去結紮……」

安佑一臉尷尬,連忙對秦晶晶說:「秦小姐,先別這麼激動……要不要進去再說……」然後扶起她,走進宿舍房間裡,幸好其他室友都去上課了,裡頭只有他們兩人。

秦晶晶的眼淚怎麼都停不下來,哭得安佑都開始擔心她會不會脫水?

安佑打量四周,想著要先找面紙還是先找水?

她一面哭,安佑一面斷斷續續地問她這幾年來的遭遇,想

要轉移她的注意力。

　　原來小白死後沒多久,她觸景傷情,完全沒有辦法在原來的檳榔店工作,便辭職先回老家休息。之後朋友介紹她到台北工作,工作了一兩年之後,她始終沒有忘記小白當時的遭遇,於是下定決心想要去唸書當獸醫,立志將來救助受苦的動物。她一面工作一面準備考試,終於在去年考入大學獸醫系。儘管靠著前兩年的工作存了些錢,但經濟仍不是很寬裕,為了唸書只好申請就學貸款,偶爾也會去便利商店打工,賺點生活費用。

　　「我真的不知道小白還在那裡⋯⋯牠真的一直在等我?牠是不是很生氣?」她焦急地拉著安佑的手問個不停,大顆大顆的淚珠不斷滴在他手上。「都是我不好⋯⋯都是我不好⋯⋯都是我的錯⋯⋯」

　　安佑不知道該說什麼,他最不拿手的就是安慰人,尤其是安慰哭得無法自己的女生。

　　「我那時候根本不知道該怎麼做,看見牠那麼痛苦,我也不忍心⋯⋯牠死去的那一天晚上,我的心痛得也像死去了一樣,你知道眼睜睜看著自己心愛的生命消逝,是什麼感覺嗎?小白⋯⋯小白就像是我的家人一樣,就像是我的小孩⋯⋯雖然我沒生過孩子⋯⋯」

　　安佑決定先拿起桌上的面紙盒遞過去。

　　「我永遠忘不了,牠的身體就在我的手上慢慢冷下去,那一刻我真覺得自己才是兇手!為什麼我這麼沒用?為什麼我只能看著牠死,自己一點忙都幫不上⋯⋯所以我想當獸醫⋯⋯我

想幫助其他的動物……我不想再看到有動物死在自己手上……可是、可是……」

　　安佑起身拿了個杯子，到外頭的飲水機裝了滿滿一杯水，回來遞給她。

　　秦晶晶接過水喝了起來，一面喝還一面哭，淚水掉進水杯裡，她再努力喝進去。

　　「我一直沒有忘記小白，可是牠就是從來不肯到我夢裡。我想牠是在怪我……這是不是就是牠不肯離開的原因？牠是不是在恨我……」哭得紅腫的眼睛望著安佑，裡頭是滿滿的不安與害怕。

　　安佑搖搖頭，說：「不，牠不恨妳。」

　　「真的？你真的聽到牠這樣說？」

　　「牠如果真的恨妳，就不會在那個地方苦苦等著妳，捨不得離開。」

　　秦晶晶安靜了下來，更飽滿的淚珠從她的眼裡滑落臉頰。

　　「小白……小白……你真傻……你可以來找我……告訴我你在哪裡啊……為什麼要一直等在那裡……」

　　「我想，也許因為牠是安樂死的，所以牠的靈魂剛開始並不明白自己已經死了。等到牠明白的時候，妳也已經離開了。」安佑說。

　　秦晶晶用力吸了一口鼻子，說：「我也很擔心，這個小傢伙會不會迷路了，或是不知道該往哪裡去……我問過當地的廟公，有沒有辦法能超度小白，他說他不知道動物要怎麼超度，

不過是人的話,可以用抄經來迴向功德,讓他下輩子能投胎到好人家裡。於是那天起我就開始抄經,抄金剛經,每天都抄,我希望小白下輩子能當人,或者⋯⋯能當我的小孩,從我的肚子裡生下來⋯⋯可是不論我抄了多少經,我就是夢不到牠,我以為牠生氣了,牠嫌我沒用,不是個好媽媽⋯⋯所以牠不要我了⋯⋯」

安佑眼看面紙被用完了,於是從其他室友的桌上又摸來一盒面紙遞過去。

像是終於找到可以傾吐的人,秦晶晶把自己心裡深埋許久的話都說了出來。這些話她很少對人提起,因為只要一提到小白,其他人不是笑她何必為一隻兔子費那麼多心血,不然就是罵她不務正業,成天只想著動物,連人都過不好了,何必去管動物的死活?

朋友如此,家人也是如此,即使進到了她夢想中的獸醫系,但是她發現,有不少同學也是如此。

不是每一個念獸醫系的人,都真心喜愛動物。

相反的,她甚至覺得,真正喜愛動物的人,也許根本不適合這個環境。

「我真的很沒用⋯⋯當初抱著理想來念書,可是一到解剖課我就受不了,他們用的是兔子⋯⋯白色的兔子,就和小白一樣⋯⋯我怎麼樣都下不了手,第一次上完課之後我就吐了,之後我再也不敢去上課⋯⋯以後我們還要做各種動物的解剖,還要做各種實驗手術⋯⋯我看過學長們用的實驗兔,也是大白兔,

牠們都好可憐，看到人就發抖，一點點聲音就會嚇得跳起來，打開籠子之後，牠們拼命掙扎就是不願意出來，因為一出來就是打針、採血……每次看到像小白那樣的白兔，受著這種痛苦，我就快要崩潰了……我真的不應該來念獸醫系的，我不夠堅強……我剛剛就是從教授的實驗室逃回來的……我真的受不了了……」

她終於哭累了，也說累了，腳邊已經堆了一座白色的面紙小山。

她安靜下來，寢室裡只有她偶爾的啜泣聲。

最後安佑打破了沈默，說：「妳說妳有為那隻白兔抄經？」

秦晶晶用力點點頭，然後站起來，到自己的床底下翻找了一會兒，抱出一大堆她抄下經文的棉紙。

「我是用毛筆抄的，不過我毛筆字寫得很醜。抄到一定數量之後，我就會帶到廟裡去燒給小白。」

安佑仔細看了一下那堆經文，上頭的毛筆字歪歪扭扭，很像小孩初學毛筆時的毛毛蟲筆跡，但每一個字都是她帶著虔誠的心，一筆一劃寫出來的。

他在那些經文上感受到一種光明潔白的氣息，一張又一張，偶爾上頭還有暈開的墨跡，那是被秦晶晶的淚水暈開的。

「妳今天晚上帶著這些經文，去那家店門口燒給小白。告訴牠，妳已經為牠抄了這麼多的經，這也是妳為牠積的功德。」

「功德？這樣抄經，真的有用嗎？」

「只要妳誠心，就有用。」安佑說。

「可是我的字寫得這麼醜……」她這時才意識到自己的字有多醜，趕緊把那堆紙藏在自己身後。

她也不知道自己怎麼了，一見到安佑，就覺得他很親切，是個值得信賴的人，才第一次見面就對著他吐了一大堆苦水，哭得亂七八糟，還把自己那麼幼稚的毛筆字拿給他看。

直到這時她才覺得很不好意思。

「這事越快處理越好，不然我擔心牠會等得不耐煩，到時候對牠也不好。」安佑說。

*

快接近十一點的時候，秦晶晶到了。

仲介店在十點的時候就關了門，四周的商店，除了一家二十四小時營業的便利商店，也都打烊了。

秦晶晶顯得很緊張，人一到就問安佑：「小白呢？小白在哪裡？」

安佑看見白兔的靈魂已經高興地圍著秦晶晶的腳邊轉個不停，他據實以告，秦晶晶又哭又笑地蹲了下來，伸出手對著虛無的空氣摸了幾下。

「小白，小白，媽媽來看你了……你這傻兔子……」

她看不見白兔，伸出的手有些偏了，白兔自己蹦到她的手掌下，滿足地瞇起眼。

「小白，你要乖，媽媽也很捨不得你，可是你應該要走了，

知道嗎？」

她按照安佑的吩咐，將金剛砂撒在自己抄寫的經文上，然後點火將那堆經文燒了。

安佑知道她抄寫的都是金剛經，於是帶著阿熊，在一旁默誦金剛經。

動物的靈魂不像人靈能直接接受迴向的功德，除非是天生靈力就特別強的動物才有可能，秦晶晶為牠抄經的功德雖然沒有辦法直接迴向給小白，但是安佑可以充當靈媒，趁著這個機會，將秦晶晶過往的抄經所累積的功德，用自己的身體當作傳度的橋樑，全部一口氣傳給白兔。

燒著經文的火並不大，但卻十分溫暖明亮，小白的靈魂坐在火花旁，心滿意足地舔著秦晶晶的手。

媽媽，我終於等到妳了。

阿熊這時站了起來，黑亮的眼睛越睜越大，牠看見安佑的身上不斷散發出盈潤的透明珍珠色光霧，光霧慢慢集中後，漸漸飄往白兔的身上，將牠小小的身子裹了起來。

安佑自己也吃了一驚，他沒有想到秦晶晶居然抄了這麼多的經文，她過去抄經累積的功德不斷在他身上匯集，又從他身上傳了出去，迴向給白兔。

白兔身上原本的盈盈綠光已經不見了，在那層珍珠色的光霧中，牠的毛皮更顯潔亮，還帶著一種純淨光明的氣息。

所有的傷口都不見了，所有的痛苦都消失了。

秦晶晶一心一意抄經，不奢求財富，亦不奢求自身利益，

心心念念都是希望能為白兔做些什麼，這種純粹無私且不求回報的愛，拯救了幾乎要迷失的固執靈魂。

白兔的身軀慢慢飄起，珍珠色的光霧如同雲彩，裹住牠嬌小的身軀。

一旁的黑兔子看得呆了。

白兔儘管不捨，但是牠知道，自己真的該走了。

牠不住頻頻回頭，忽然，牠一蹦一跳地來到安佑面前，抬起下巴，認真地在安佑的鞋子上磨蹭了好一會兒，再深深看了他一眼。

安佑睜大了雙眼。

你不會是認真的吧？

燒著經文的火滅盡了。

秦晶晶望著安佑，不安地問：「小白⋯⋯小白走了嗎？」

安佑回過神，小白的身影已經消失了。

他點點頭。

秦晶晶如釋重負，揉了揉哭紅的雙眼。

「不過⋯⋯」

「不過什麼？」秦晶晶立刻緊張起來。

她還有哪裡做得不夠完善嗎？

小白是不是還有遺憾？

「小白說，牠還不想那麼快投胎，牠想求菩薩，讓牠將來能當妳的小孩，不管等多久都願意。牠說，妳是最愛牠的媽媽。」

秦晶晶一聽完，淚水又嘩啦啦地落下。

「小白⋯⋯小白我當然最愛你了⋯⋯媽媽最愛你了⋯⋯」

安佑早有準備,從腳踏車上拿出一盒面紙遞了過去。

等秦晶晶好不容易再次冷靜下來,安祐才開口問:「請問,兔子用下巴磨蹭東西,代表什麼意思?」

秦晶晶眨眨眼,眨去睫毛上的淚珠,帶著濃濃鼻音說:「那是兔子在做標記,意思是說:『這個東西是我的了唷,誰都不可以搶走!』」

安佑低頭看著自己的腳尖。

你是好人,我喜歡你,做我爸爸吧!

小白離去前對他這麼說。

⋯⋯⋯⋯⋯⋯

這時的阿熊終於合起了因為驚訝而大張的嘴,牠趕緊看向安佑,一臉欣羨,但是安佑搖搖頭,說:「這我辦不到,你還是安分一點,慢慢來好了。」

世上眾生皆有自身的業因,他相信白兔在過去許多世裡一定也累積了不少福報,在這一世裡又得主人的加持,所以才能得菩薩庇佑,有機會投入人道。

至於阿熊⋯⋯牠的業可重了,要不是菩薩見牠可憐開恩,恐怕現在連兔子都做不成。

*

秦晶晶雖然放下了對小白的牽掛,但是她還有一個心理障

礙無法去除。

　　於是安佑帶她來找一個人。

　　當她見到穿著僧衣的烏醫生時，愣得好半天都說不出話來。

　　烏醫生見到當年的檳榔西施，如今變成了念獸醫的大學生，露出欣慰笑容。

　　當烏醫生聽完了秦晶晶的困擾後，他慈愛地摸了摸她的頭，對她說：「不要怕，越怕的事情，到最後越會逼得我們無法喘息。既然妳選了這一條路，想為動物造福，就繼續走下去。」

　　「可是那些在手術台上、在實驗室裡的動物們，我……」她的眼淚又要奪眶而出。

　　「生命都是無常，來來去去，隨時在變化。牠們今世來這一遭，就是為了要犧牲自己，讓你們學得技術，好拯救更多無辜的動物。妳千萬不要辜負了牠們這一世的使命。」

　　「可是……」秦晶晶的眼淚不停在眼眶裡打轉，但她很努力地忍住。

　　烏醫生看著她，心想她果然還是當年那個善良的女孩。

　　這麼善良溫柔的一顆心，卻要去面對動物醫療的生老病死與殘酷，她受得了嗎？

　　而他，又能幫上什麼忙呢？

　　他想了一會兒，說：「如果妳還是覺得不安，那麼做完解剖或是實驗之後，妳可以來找我，告訴我那些動物的名字，或者牠們長得什麼模樣，什麼時候出生的？什麼時候死去的？讓我來為牠們念經超度。」

秦晶晶想了一會兒，又問：「我也可以一起念經為他們超度嗎？」

「當然可以。」烏醫生露出慈藹笑容。

「可是……可是我是殺害牠們的劊子手……」她低下頭，看著自己的手，臉色蒼白。

「但是妳將會成為救治更多動物的醫生。牠們不會恨妳的。」

安佑想起了那隻狼狗，於是便將這個故事說了出來。

秦晶晶聽完後，猶豫了許久，最後下定決心，用力點點頭，說：「我知道了。為了小白，為了以後更多的動物，我一定會努力的。」

這次，她的眼裡除了淚光，還有堅決與勇氣。

之四。守願。

之四、守願

　　別人的性命，是框金又包銀，
　　阮的性命不值錢。
　　別人呀若開嘴，是金言玉語。
　　阮若是加講話，念咪就出代誌……[3]

　　「店長，你的老鸚鵡又在唱傷心歌了啦！」

　　一大早上班就聽見這種苦情歌，會影響業績好不好？

　　一臉福態的店長，趕緊弄飼料、加清水，讓阿鳳先轉移注意力。

　　「抱歉抱歉，阿鳳最近大概心情不太好。」店長連忙道歉，手下也沒停，俐落地整理鸚鵡的四周環境。

　　那是一隻很老很老的鸚鵡，體型不小，身上的羽毛掉得稀稀落落的，鳥喙也沒了光澤，還斷了一小塊。鸚鵡的雙眼無神又黯淡，有時候還會體力不支，從棲架上倒下，一開始把不少店員嚇了一跳。

　　「店長啊，你一定要把鸚鵡放在店裡嗎？」店員又抱怨。

　　「沒辦法啊，我家裡平常沒人在，老婆孩子都在加拿大坐移民監，我每天早出晚歸，在公司的時間還比在家裡多，不放在這裡照顧，要放哪？」

---

[3] 〈金包銀〉原唱／蔡秋鳳，作詞、作曲／蔡振南。

店員不再吭聲，心裡仍在碎碎念不停：不過就是一隻老鸚鵡嘛，何必這麼大費周章？隨便丟出去放生不就行了？真不知道店長心裡在想什麼，平常工作都已經這麼忙了，還要花時間花錢去照顧這隻沒用的笨鳥。

電話響了，店員接了起來，沒幾分鐘便和客人約好時間，準備出門。

打開店門，他看見一個綁著馬尾的年輕女孩正拿著掃把在替他們店門口掃地。

他不禁狐疑地多看了幾眼，這年頭有人這麼善良，會幫人家店門口掃地喔？

「小姐，妳是不是掃錯地方了？」店員見對方是個年輕女孩，便藉機搭訕一下。

女孩正是昨天晚上在這兒燒經文的秦晶晶，她回到宿舍後才想起自己在別人店門口燒了一大堆紙灰就跑了，實在不禮貌，所以第二天一早連忙跑來，向附近便利商店借了根掃把，把仲介店門口掃乾淨。

但是她並沒有多做什麼解釋，只是微微一笑，點頭帶過。

這種玄妙的事情，不是每個人都會相信的。

店員見秦晶晶沒回答，也不怎麼在意，聳聳肩便騎上機車走了。

秦晶晶掃完地，不經意地往店內一望，剛好看見那隻老鸚鵡又歪在一邊，身子搖搖晃晃，好像隨時會倒下來的樣子。

她忍不住把臉貼在玻璃窗前，想仔細看看那隻鸚鵡。

過沒多久，那隻鸚鵡果然「噗通」一下就倒了下來，秦晶晶大吃一驚，推門而入直衝到老鸚鵡面前，把牠輕輕扶了起來。

天啊，牠都翻白眼了耶！

「這隻鸚鵡生病了！你們怎麼不帶牠去看醫生？」她轉過頭焦急地詢問。

仲介店裡的幾個店員看看她，又看看老鸚鵡，一個年輕的女店員忍不住笑了出來，說：「小姐，妳不要激動。那隻老鸚鵡常常這樣的，過一會兒牠就又會醒過來，像沒事一樣。」

店長這時從後頭走了出來，見到秦晶晶捧著那隻老鸚鵡，好奇地問：「小姐，妳喜歡這隻鸚鵡嗎？」

「呃……不是，我是看牠剛剛突然昏倒了，好像是休克，所以……」

「妳覺得牠生病了？」

「應該是吧，但我也不是很確定……牠幾歲了？」

「不知道，只知道年紀不小了。牠是我岳母以前養的，養了很久。小姐，妳喜歡牠的話，要不要帶回去養？我看妳一定是個善良又愛護動物的人，這隻鸚鵡在我這裡，說實在也挺慘的，我沒有多少時間能照顧牠，雖然我也不討厭牠啦……可是總覺得如果牠能找到更好的主人，應該也是件好事。」

「可是我住在學校宿舍，不能養寵物。」

「這樣啊……」店長露出失望神情，不過很快又振作起來，說：「那也沒關係。喔，對了，小姐妳是想買房子嗎？」

「呃，不是不是，我只是剛好路過而已。」秦晶晶連忙說。

這時候她懷裡的老鸚鵡動了動,吐了一口大氣,然後醒了過來。

　　鸚鵡茫然的眼神望著秦晶晶,像個失憶的老人。

　　「你沒事吧?」秦晶晶忍不住問鸚鵡。

　　「小姐……妳在對牠說話嗎?牠是鳥耶……」店長在旁一臉疑惑。

　　雖然鸚鵡的確會說人話,但也不過是知其音不知其意,學舌而已,更遑論與人能溝通了。

　　「我常常喜歡和動物說話,讓你見笑了。」秦晶晶不好意思地說。

　　她將老鸚鵡放到棲架前,牠慢吞吞地走上去,然後搖頭晃腦地用沙啞的嗓子又唱起歌——

　　別人的性命,是框金又包銀,
　　阮的性命不值錢。
　　別人呀若開嘴,是金言玉語。
　　阮若是加講話,念咪就出代誌……

　　沙啞的嗓音充滿了心酸與無奈,秦晶晶聽得心口一陣發堵,眼眶差點又要紅了。

　　即使只是鸚鵡學舌,但她感覺得出來,當初唱這首歌的人,一定滿腹委屈無處可傾吐,那曲調充滿了對現實的無力與挫折,也許還有一絲絲對過往美好的懷念。

「這隻鸚鵡有名字嗎?」她問店長。

「我老婆都叫牠阿鳳。牠和我岳母一起住了好久,我岳父很早過世了,岳母一直一個人生活,後來年紀大了,只好送到老人院給人照顧,那裡卻不能收留動物。沒多久,我岳母也過世了,唉⋯⋯」店長嘆了一口氣,又說:「這鸚鵡也真可憐。誰想得到鸚鵡居然可以活這麼久?主人都死了,牠卻還活著,然後像皮球一樣被人推來推去。本來他們怕麻煩,想直接讓牠安樂死,我實在不忍心,只好硬著頭皮把牠要來,暫時養在這裡。」

秦晶晶聽得心酸,同情的眼光不住望向那隻老邁的鸚鵡。

牠到底幾歲了呢?

牠知不知道自己的主人已經過世了?

秦晶晶回去後,特地找了鳥病的書籍來看,她很想幫幫那隻老鸚鵡,至少,要知道牠生的是什麼病吧?可是她查了半天資料,就是找不到符合老鸚鵡病徵的疾病。她又仔細想想那天遇見老鸚鵡的情形,除了年紀老邁之外,似乎也沒什麼不對勁的地方,只是會突然倒下休克而已。

唉,如果她聽得懂動物說話,知道牠們在想什麼就好了。

想到這一點,她腦袋裡突然靈光一閃:不是有人可以和動物溝通嗎?

*

安佑從來沒見過這種情況。

這情況不知道該說是詭異，還是靈異，還是不可思議？

那隻老鸚鵡是活的沒錯，可是身體內部的各種機能差不多都已經到了盡頭，幾乎可以說隨時都會死去，所以牠才會不時昏倒休克，但當牠失去意識，靈魂出竅之際，牠的靈魂卻死都不肯離開身體，好幾次靈魂都已經脫離身體一半了，卻又以驚人的意志力抵抗命運的時辰，狠狠地鑽回肉身中，暫時喘一口氣。

然後老鸚鵡又會「活」了過來，努力吃點東西補充體力，再搖頭晃腦地用沙啞的嗓子，唱起〈金包銀〉這首老歌。

這是一隻即將老死，卻倔強地不肯死去的鸚鵡。

一般動物，包括人，即使有強烈的遺憾或是未完成的遺願，頂多只是死後靈魂留戀這個世界，不肯放手離去，安佑還從沒有見過這麼頑強的意志力，居然能把已經出竅的靈魂給拉回來。

安佑和阿熊一同用著欽佩的眼神看著那隻老鸚鵡。

「請問……」店長出聲問：「你們還要看多久？」

其實他早該下班了，但秦晶晶一直請他多待一會兒，讓安佑見見阿鳳，他才特地在店員都下班後留了下來。可是上了一天班，他真的已經好累了，只想早點回家洗澡上床睡覺。

「店長先生……這隻鸚鵡是不是很不信任人？尤其最討厭男人？」安佑忽問。

店長面露驚訝，說：「沒錯沒錯，不知道為什麼，牠最討

厭男人。我們店裡的女店員來逗牠玩，牠頂多不理不睬。要是男店員，包括我，走近牠面前，牠有時候脾氣一來還會用翅膀打人呢！」

「牠是母的？」秦晶晶問。

「不，牠是公的。」安佑回答。

「那怎麼會這樣？」秦晶晶不解。

安佑笑著說：「不要用那麼單純的生物本能去分析動物的心理。牠今天會有這種行為，一定和牠的過去有關，很可能也和牠的主人有關係……」安佑沈吟。

解鈴還須繫鈴人，但鸚鵡的主人已經過世了，這隻鸚鵡又什麼都不肯說，就算他能與動物溝通也愛莫能助。

「你們好像很了解動物。」店長突然說：「其實……不知道能不能請你們幫個忙？我明天就要去加拿大去找我老婆和孩子了，半個月以後才會回來。雖然我已經拜託店員幫我照顧阿鳳，可是他們其實都不太喜歡牠……唉，你們也知道，現在的年輕人多半都沒什麼耐性，上班老遲到，下班絕對準時，我就怕到時候他們趁我不在，摸魚摸得太兇，那阿鳳就倒楣了。」

「可是我住宿舍，不能養動物耶。」秦晶晶說。

她和店長的眼光於是不約而同地落在安佑身上。

「我？」安佑指著自己的鼻子，說：「我沒養過鳥耶。」

「有什麼關係？」秦晶晶低聲在他耳邊說：「反正你有什麼不懂的問題，直接問阿鳳不就好了？你不是聽得懂動物說話嗎？」

但是阿鳳什麼都不肯說啊！

安佑還沒來得及抗議，秦晶晶已經自作主張替他答應了下來：「就這樣決定了！反正只是代養半個月而已。」說完還摸了摸他懷裡的阿熊，認真叮囑：「阿熊，不可以欺負阿鳳喔。」

阿熊豎起耳朵，鬍鬚抖了抖，像是在抗議。

牠才不屑去欺負一個要死不死的老傢伙呢！

　　　　　　＊

於是鸚鵡阿鳳就這樣跟著安佑回家了。

阿鳳到了安佑家裡，左顧右盼，尋找可以棲息的木架，但是安佑並沒有把牠平常習慣棲息的木架帶回來，他只是指指房間，告訴牠：「想站哪裡就站哪裡，到處趴趴走也沒關係，只需要遵守一個條件：不可以搞破壞。」

至於「搞破壞」的定義是什麼，請去問阿熊。

阿鳳那雙總是透露著茫然的雙目突然明亮起來，像個和藹的長者，望向安佑。

「怎麼了？你有話想對我說嗎？」安佑把手伸給牠，鸚鵡猶豫了一會兒，還是沒有爬上他的手。

還是不願意相信人啊。

突然擁有了不受拘禁的自由，鸚鵡剛開始有些不習慣，牠棲在木頭椅子的椅背上，不安地來來回回走動。不一會兒牠膽子大了些，開始跳下椅背，在地上搖著尾巴到處走來走去。

牠看見黑兔子半仰躺在地上，不客氣地一爪踩上那肥肥的兔子後腿，把阿熊嚇得跳起來，氣呼呼地追著牠後面跑。

　　有這樣大的空間可以跑來跑去，鸚鵡樂了，一面跑一面用沙啞的嗓子不知道在喊些什麼。

　　安佑看阿鳳只會在地上走來走去，知道牠大概是被剪翅了。雖然一般的鳥兒剪翅後，翅膀的羽毛仍能慢慢長回來，但阿鳳年紀大了，翅膀上的羽毛再也長不回來了，於是再也不能展開雙翅飛到牠想去的地方。

　　不過牠倒還算自得其樂，一點也不在意自己不能飛。

　　阿鳳跑了跑，突然又「噗通」一聲倒了下去，安佑儘管已經見識過一次，但還是有些不放心，趕緊過去查看。

　　阿熊正在用小前腳輕輕推著不醒人事的老鸚鵡，只見阿鳳的靈魂又要出竅了，但是牠的意志卻還在苦苦抵抗，安佑不忍心，於是多事幫了忙——他在鸚鵡靈魂上輕輕一拍，靈魂便被推回鸚鵡的身軀裡。

　　阿鳳馬上醒了過來，牠迷離的雙眼緩慢眨了幾下，鳥喙開開闔闔，努力吸進新鮮空氣。

　　然後牠嘆了一口長長的氣，慢慢站起來，抖了抖身子。

　　牠輕輕咬了咬安佑的手，算是表達了謝意。

　　「你到底在等什麼呢？」安佑忍不住問。

　　阿鳳不知道是故意沒理他，還是裝作沒聽見，牠搖了搖身子，又開始在地板上到處趴趴走探險了。

　　　　　*

　　秦晶晶好奇地看著眼前這間二手書店。

　　原來這裡就是安佑的家。

　　這是一棟頗有些年代的二層樓房，一樓是二手書店，二樓是住家。

　　她推開木頭拉門，本以為會聽到刺耳的聲音，沒想到開門十分順暢，沒有多餘雜音，顯見日常是費了心思在保養。

　　她探頭進去，見到安佑正在櫃台前專心看書。

　　即使外頭豔陽高照，鋪著木頭地板的書店裡卻十分涼爽。

　　安佑面前的書是《如何照顧鸚鵡》，一旁還有一本《世界熊類圖鑑》。

　　那本熊類圖鑑不但立在櫃台上，而且還是打開的。

　　安佑一次看兩本書？他對熊有興趣？

　　過了一會兒，一顆黑呼呼毛絨絨的兔子頭從圖鑑後探出，用鼻子頂了一下安佑的手。

　　安祐看都沒看一眼，伸出一隻手，在圖鑑上翻過一頁。

　　……兔子也會看書嗎？

　　可是……就算兔子要看書，為什麼會看和熊有關的書？

　　這一人一兔實在越看越有趣，本想繼續觀察，但舊書略微刺鼻的氣味讓她鼻尖發癢，終於忍不住──

　　「哈啾！」

　　安佑從書本裡抬起頭，黑兔從圖鑑後探出頭，同時阿鳳的

聲音從書店後方傳來：「嚇死我了！嚇死我了！」然後是「噠噠噠噠」踩在木頭地板上的小小腳步聲，阿鳳很快走了過來，好奇地張望。

秦晶晶一臉不好意思，說了聲「打擾了」便走進屋裡。

「阿鳳，你在這裡過得好嗎？」明知阿鳳聽不懂，但她還是關心地問著老鸚鵡。

阿鳳只是一直重複著：「嚇死我了！嚇死我了！」

「看來阿鳳過得挺開心。」秦晶晶笑著說。

阿鳳不但話多了，而且還跑得飛快呢！精神看起來也好了不少。

「你在這裡工作？」她問安佑。

安佑點點頭。

她環顧四周，發現這裡幾乎全部都是與動物有關的二手書。

繪本、文學、攝影集、圖鑑、教養手冊甚至艱難的獸醫書籍，應有盡有，而且有許多語言，她好奇地抽出一本鳥病原文書，一看到裡頭琳瑯滿目的鳥病圖片，便欲罷不能地一頁頁翻下去，直到手痠了，才把目光從書本前移開，四處張望了下，然後不客氣地擠到櫃台後找了個空位坐下，繼續看。

直到翻完整本書，她才像是終於滿意了，嘆口氣，闔上書。

轉過頭，見到一人一兔正盯著她瞧。

安佑笑咪咪的，阿熊歪著腦袋。

「好看嗎？」安佑問。

她這才發現自己的失禮，連忙站起身，然後用力點點頭，

隨即又覺得不太對，趕緊解釋：「學校裡的圖書館也有這些病理書，但我常常借不到，買的又很貴……」畢竟她是自己賺錢工作唸書，家裡並沒有支援，雖然不至於飯都吃不飽，但手頭常常很緊，好些昂貴的原文書她只能望書興嘆。

「喜歡的話，可以常常來。」安佑說。

「好啊！」她開心答應完後才發現自己好像該矜持一點，瞬間又覺得不好意思起來，連忙轉頭望了望四周，問：「你是這裡的員工？還是老闆？」

安佑想了想，說：「應該都算是吧！」不等秦晶晶開口，他又說：「這間二手書店其實是我爸留給我的。」

這樣啊……秦晶晶臉上露出遺憾，安佑見狀連忙解釋：「別誤會，他還活著，只是帶著我媽去旅遊了。」知道秦晶晶一定還想追問，於是他彎下腰從櫃台下方拿出一個大紙盒，打開，裡頭全是來自世界各地的明信片。

秦晶晶睜大了眼，明信片耶！

在每個人幾乎都有手機的這個年代，已經很少、很少有人願意花時間坐下，認真寫一張明信片了吧？

她隨手拿起一張，上頭寫得滿滿的，好些段落被郵戳狠狠蓋上，字跡都模糊了。

每一張的開頭都是：「吾兒安佑……」

秦晶晶看著，心頭暖暖的，她確實感受到了安佑父母對他的在意與愛。

安佑示意阿熊稍微讓開，果然秦晶晶又坐了下來，忘我地

一張一張看起明信片,每一張都寫著那兩人在異國接觸到的事物,哪怕只是天空飛過的一隻從未見過的鳥,或是野地裡盛開的不知名野花,或是教堂裡做完禮拜的人們給彼此的擁抱,還有一個,關於一隻小熊娃娃輾轉流浪的傳說⋯⋯這些都是她從未接觸過的世界。

她看得入迷,外頭天色暗了下來也不知覺,還是阿鳳跑過來搗亂,把明信片弄得亂七八糟,她才回過神,正想要離開,肚子此時卻很不爭氣地大聲咕嚕嚕叫了起來。

「啊!真是不好意思!那個⋯⋯我該走了!」她趕緊說。

「要不要吃點東西再走?」安佑問。

「不不不,沒關係,我打擾太久了。」

她連忙起身要離開,不知為何總覺得心跳好快。

「嚇死我了!嚇死我了!」偏偏阿鳳不知道是不是故意的,又跑來湊熱鬧在她腳底下亂轉,為了不要踩到阿鳳,她身子一偏,重心不穩就要摔倒,安佑見狀連忙上前扶住她。

怎麼回事?!為什麼她覺得心跳得更快了!

心臟彷彿就要在胸口爆炸了!

「妳沒事吧?」安佑問。

「我⋯⋯別碰我!啊不是,我是說,那個,我、我沒事⋯⋯」她手忙腳亂推開安佑,力道沒控制好,安佑不小心撞上書牆,幾本書啪拉啪拉掉落,其中一本還不偏不倚砸在一旁看熱鬧的阿熊頭上,差點沒把牠砸暈。

「嚇死我了!嚇死我了!」阿鳳彷彿很開心,在書堆裡跳

上跳下。

「阿鳳！」秦晶晶又氣又好笑，抬起眼，正好迎上安佑溫和的目光。

「沒事吧？」他問。

她沒有回答，默默點了點頭，說：「我該走了。」

就在轉身離去的時候，她清楚聽見安佑說：「常來吧！」

她耳朵一熱，低下頭，幾乎是用逃地離開。

然而，安佑這麼說，只是因為他覺得阿鳳的時間可能已經不多了。

　　　　＊

幾天後的一個清晨，安佑還在床上，臥房外又傳來阿鳳的破嗓子在唱著歌——

別人的性命，是框金又包銀，
阮的性命不值錢。
別人呀若開嘴，是金言玉語，
阮若是加講——咚⋯⋯

安佑睡得迷迷糊糊，還在想阿鳳什麼時候開始自己改編歌詞了，一顆兔子砲彈突然衝上床。

安佑連忙坐起身子，只見阿熊一臉焦急地在床上猛跺腳，

他馬上知道是阿鳳出事了。

他跳下床,一面戴眼鏡一面衝到外頭,只見阿鳳倒在地上,這次牠的靈魂幾乎已經出竅了大半,看來真的是撐不住了。

安佑跑過去,抱起阿鳳問:「阿鳳,你到底在等什麼?為什麼你要這麼辛苦?你有什麼沒完成的心願,可以告訴我,我幫你完成。」

但是阿鳳還是沒有說。

安佑想起秦晶晶,立刻打電話給她,而她也很快就趕到了。

她一大清早接到電話,立刻從床上跳起,然後騎腳踏車飆過來,臉沒洗,頭髮沒梳,衣服也穿得亂七八糟,上衣的釦子還整排扣錯,腳上還穿著拖鞋。

「阿鳳!你怎麼了?」秦晶晶一看見老鸚鵡混身癱軟毫無反應,眼淚馬上就掉了出來,她連忙抱起阿鳳,感覺牠小小的身軀還有些微溫。

「阿鳳?阿鳳你怎麼了?」

想起幾年前與小白生離死別的那一幕,秦晶晶無法控制自己的情緒,眼看又要開始大哭,這時阿鳳的鳥嘴輕輕開闔了起下,幾乎細不可聞的幾個不成調音符傳進她的耳裡。

秦晶晶眨眨眼,豆大的淚珠掉在阿鳳的臉上。

別人的性命,是框金又包銀,

阮的性命不值錢……

是秦晶晶在唱歌，這首歌她在老家時常常聽人在唱，自然而然就學會了一些。

　　阿鳳原本無神半閉的眼眸突然亮出了光彩。

　　「阿嬤。」阿鳳輕聲說。

　　那不僅僅只是學語。

　　阿鳳是真的在呼喚她的阿嬤。

　　秦晶晶腦海忽閃過一個念頭，心裡一陣酸。

　　「阿鳳乖。」她不自禁地脫口而出。

　　她明白了，她都明白了。

　　「阿鳳乖，阿鳳是好孩子，一直陪著阿嬤……」秦晶晶哽咽地對阿鳳說。

　　阿鳳一直在等著牠的阿嬤，那個牠陪伴了二十多年，年華已經老去的女人。

　　牠陪著阿嬤，阿嬤也陪著牠，兩個互相依靠陪伴，一起走過了二十多年。

　　阿嬤盼不到孩子，也盼不到孫子，只有把阿鳳當成自己的乖孩子，每天對牠說話，每天對牠唱歌。

　　阿嬤最常唱的歌，一定就是這首〈金包銀〉。

　　「阿鳳乖，阿嬤唱歌給你聽……」秦晶晶一面哭一面唱，晶瑩的淚珠不斷落在阿鳳身上，浸溼了牠所剩不多的羽毛。

　　阿鳳開始說起話來——

　　「阿桂……我好想妳……」

　　「阿桂，妳的女兒長大了吧……我好想看看乖孫女……」

「阿桂，我留了東西給妳，就在床底下……」

那語調就像一個老阿嬤在對著女兒說話，維妙維肖。

「阿桂，我真的好想妳啊，真希望死前能再看妳一眼……都是我不好，沒好好待妳……阿桂……」

安佑紅了眼眶。

他在阿鳳身上，看見一個獨居老人的寂寞與心酸。

阿鳳把這些話都記了起來，可見阿嬤一定每天都在盼、每天都在說，等了那麼多年，到最終，阿嬤還是一個人孤單單地走了。

秦晶晶已經哭得不能自已，她的歌再也唱不下去，只是不斷說：「阿鳳乖，阿鳳好乖……」

「好想妳……」這是阿鳳的最後一句話。

硬撐了許久的肉體終於達到了極限，牠閉上眼，頭軟軟地歪向一旁，但牠的面容十分安詳滿足。

秦晶晶抱著阿鳳放聲大哭，安佑拍拍她的肩，說：「不要太難過了，妳這樣難過，會讓阿鳳不好意思的。牠只是時間到了，該走了。」

他看見阿鳳的靈魂，停在窗前。

牠展開雙翅，那漂亮的大翅膀上長滿了美麗豐滿的羽毛。

然後牠頭也不回地飛走了。

安佑想，牠應該是去找阿嬤了。

*

仲介店的店長回來了。

他聽完了阿鳳的故事,愣了許久,然後眼眶漸漸泛紅。

他不好意思地摘下眼鏡,抹了抹眼角,說:「從前我是不太相信這種事情的,可是你們說的,和事實很相近。我老婆小名是叫做阿桂,我也的確有一個女兒⋯⋯阿鳳也的確和我岳母相依為命了二十多年。聽我老婆說,我岳父以前就有暴力傾向,又在外面包養小老婆,對我岳母很壞,我老婆年紀還小時也曾遭到家暴,後來她離家唸書,再也沒回去過。至於我岳母則是任勞任怨一直守著那個家,等著阿桂回家⋯⋯」頓了頓,又說:「我們也很想多花點時間陪老人家,可是我工作忙,老婆孩子又在加拿大。以前我們也想過要岳母一起搬去加拿大,但她不願意,說不想在國外終老一生。」

店長沈默下來,過了一會兒,安佑問:「請問一下,阿鳳幾歲了?」

「這我也不清楚。只知道牠是有一天迷路飛到我岳母家的,從此就不走了。」

「我們可以看一下你岳母的房子嗎?」秦晶晶突然問。

「我岳母的房子?」店長想了一下,說:「應該可以,我記得這房子還沒有賣出去。不過,你們想去那裡做什麼?」

「阿嬤的床底下,有東西留給她女兒。」秦晶晶說。

*

阿嬤住進老人院之前，一直在一間一樓的小店面後邊生活，裡頭堆滿了各式雜物，阿嬤什麼東西都捨不得丟，一樣一樣往屋裡塞，塞到最後連人要走動都有些困難。

　　店長不好意思地說：「老人家就是這樣，年輕時候勤儉慣了，什麼東西都想留，總想著以後也許會用得到。這間屋子我一直沒時間過來整理，真是的……」

　　他們走到阿嬤的臥房，裡頭很小，也是塞滿了東西，最多的就是衣服，都是些從國外寄回來的昂貴衣服，但阿嬤一件也捨不得穿，通通都放在床頭，頂多偶爾拿起來放在身上比一比。

　　她想要的不是衣服，也不是國外的維他命或保養品。

　　她最想要的，是看她的親生女兒一眼，還有看看那已經上了小學的可愛孫女。

　　衣服旁邊有一疊疊厚厚的相片，都是阿嬤女兒和孫女的相片。

　　有女兒的結婚照、小孫女的滿月照、小孫女上幼稚園的第一天、小孫女上小學……好多好多相片。

　　不識字的阿嬤，就只有看這些相片，來慰藉自己的思念之情。

　　即使偶爾女兒打越洋電話給她，她也是急急就掛斷，說國際電話太貴，不要浪費這個錢。

　　店長這時已經滿頭大汗地在清理床底下的雜物，鞋子、襪子、破舊的衣物、報紙、雜誌、過期的罐頭、雨傘、衣架、被子、

幾百個紅白條紋的塑膠袋⋯⋯安佑也去幫忙，秦晶晶與阿熊則負責檢查他們撈出來的雜物。

阿熊很認真地在雜物堆裡用小前腳挖個不停，挖出了一個洞，整個身子都埋了進去，只露出胖胖的兔子屁股奮力抖動。

忽然，不停抖動的兔子屁股停下了。

接著阿熊往後退，嘴裡咬著一個被層層塑膠袋包裹起來的東西。

「找到了！」秦晶晶喊。

她從層層相套的塑膠袋裡，拿出一個木製的小盒子，上面有一個小小的鎖，看來很像以前用來藏私房錢或是首飾的盒子。

因為年代久遠，那個鎖輕輕一扳就掉了，秦晶晶打開盒子，裡面有一捆用橡皮筋綁起來的千元鈔票，一個金手鐲，以及幾個金戒子。

這是阿嬤生前辛苦攢下的，一直想要交給阿桂。

秦晶晶把盒子交給店長，他凝視著盒裡的東西好一會兒，突然又把盒子還給他們，說聲抱歉後便先離開了房間。

「店長怎麼了？」秦晶晶問安佑。

安佑只是笑笑，沒說什麼。

秦晶晶嘆口氣，看著自己手上斑駁的木盒子，眼眶忍不住又紅了，說：「不管再怎麼樣，畢竟是自己的孩子，總是會擔心、會為她著想，即使她根本不回來看自己也沒有關係⋯⋯」說著說著，陷入沈思。

房間裡突然傳來翅膀飛撲的聲音。

「啪啪啪啪」。

阿熊豎起了耳朵仔細聽,連秦晶晶都聽到了。

「那是什麼聲音?」她問。

安佑沒有回答。

他看見阿鳳站在已經清理乾淨的床上,恭恭敬敬地朝他點了三個頭,像在道謝。

啊,這裡還有別人存在。

安佑閉上眼。

他看不見人的靈魂,但很偶爾,也許是因為與靈魂產生共鳴,他能隱約感知人靈的存在。

是阿嬤。

阿嬤來接阿鳳了。

阿鳳你辛苦了。

為了守住阿嬤的心願,還有最後一個私藏積蓄的祕密,牠忍著身體的痛苦撐了那麼久,一直和生命的最後一刻對抗掙扎。

安佑閉著眼,想像著阿嬤像從前那樣伸出了手,阿鳳親暱地輕咬那枯瘦的掌心,然後順著手臂爬上那削瘦的肩膀。

「安佑。」秦晶晶突然喚他。

安佑猛地張開眼,只見秦晶晶的臉就在自己面前,他瞬間覺得有些無法呼吸。

好像太近了。

「你剛剛一直在看著床那邊,在看什麼?」她瞇起眼打量安佑。「你是不是看到阿鳳了?牠在這裡嗎?」

安佑點點頭。

「那阿鳳好嗎？牠放心了嗎？」她焦急地問，就怕還有什麼沒做到，讓阿鳳不能放心離開。

安佑露出微笑，說：「妳放心，牠很好。阿嬤來接牠了。」

阿嬤帶著牠一起走了。

　　　　＊

他們從屋裡走出來時，店長還在講手機。

看見他們出來，店長匆匆結束話題：「媽，我知道了啦。過幾天我有空就回屏東去看妳啦。妳要不要帶什麼東西？都不要喔？好好，我知道了。再見。」

店長掛上手機，不好意思地說：「對不起，我只是突然很想我媽，就忍不住出來打了個電話給她。」

秦晶晶走上前，把那個木盒遞給他。

「我知道。」她露出微笑說：「你媽媽一定也很想你。別忘了，要把這個盒子，還有裡頭的東西都交給阿桂。」交代完轉過頭，見阿熊似乎有些沮喪地癱坐在牆角，那模樣讓她腦海瞬間浮現某個畫面，但一時又想不起來是在哪見過。

好像是某種大型雜食動物靠在樹根上休息的畫面……是小時候在動物園見過嗎？還是在某本書上？總之，那根本不像一隻兔子會做出的動作啊。

「阿熊你怎麼了？」秦晶晶上前，蹲下，忍不住伸手想摸

摸阿熊的頭。

安佑正想警告，阿熊不喜歡別人摸頭，但當他見到阿熊乖乖地讓秦晶晶摸頭時，決定閉上嘴。

「阿熊覺得自己這次都沒有幫上忙，有點難過。」安佑苦笑。

「傻阿熊，你幫的忙最大！你找到了阿嬤的私房錢啊！」秦晶晶笑說。

不是的。安佑心裡想。不是因為這樣。

不過，他並不打算告訴秦晶晶。

秦晶晶抱起阿熊，她的動作很輕柔，而且很有經驗，先是拖住黑兔渾厚的下半身，讓牠不會沒有安全感，再把牠整個身子抱在懷裡。阿熊似乎想掙扎，但身子扭了幾下後，便把頭埋在她的臂窩裡，黑呼呼的兔子屁股朝外，像個委屈的小孩在鬧彆扭。

安佑很努力忍笑，同時也有些些心疼。

再怎麼樣雄偉的男子漢，也曾經是脆弱的小孩，即使長大了，以為自己再也不需要安慰了，但也許，也許在很偶爾的時候，還是會想要溫暖的觸摸與擁抱，暫時逃離這個世界的殘酷。

「咦？阿熊，這是什麼？」

秦晶晶在阿熊綁著金剛砂罐的黑繩上，發現一樣東西。

是一枚小小的、新生的純白羽毛。

「這一定是阿鳳的。是阿鳳謝謝你的禮物。」秦晶晶微笑著將那枚小小的潔白羽毛拿到阿熊眼前。

阿熊愣愣看著那枚初生的新羽。

好輕、好柔軟。

安佑也蹲了下來,看著那枚小小的羽毛。

到底還要多久呢?

安佑不知道,但他會和阿熊一起努力。

之五。山靈。

之五、山靈

　　怎麼辦⋯⋯那些人類就要⋯⋯

　　有誰能聽見我們的聲音⋯⋯誰⋯⋯

　　拜託⋯⋯求求⋯⋯有危險了⋯⋯

　　通靈者？⋯⋯他能聽見我們的聲音？

　　他在哪裡⋯⋯

　　很遠⋯⋯

　　沒關係⋯⋯再遠我們都要去⋯⋯

　　去⋯⋯去吧⋯⋯帶我們離開這裡⋯⋯再遠都要去⋯⋯

　　　　＊

　　清晨，天才濛濛亮，短促的單音叫聲就在窗邊響起。

　　那是通常在平地城市裡不會聽到的叫聲，來自一隻通體朱紅的雀鳥。

　　但那叫聲顯得虛弱疲憊，又隔著窗戶玻璃，不注意聽，很難聽見。

　　安佑還在睡著，聽覺特別靈敏的黑兔阿熊則在床邊半夢半醒，但長長的耳朵卻動了幾下。

　　然後阿熊的耳朵豎了起來，眼睛一下子張開。

　　阿熊起身直奔窗前，看見那隻酒紅朱雀後，轉身衝向床上，

短短的小前腳在安佑的頭髮上用力扒拉，安佑只覺頭皮一陣麻痛，立刻清醒，扭曲著臉推開阿熊，然後慢慢起床。

「阿熊，以後可以用別的方式叫我起床嗎？」安佑摸摸頭皮，心疼地看著被扯掉的一大把頭髮，然後伸手摸到床頭邊的眼鏡，戴上。

阿熊一隻短胖的前腳指向窗口，安佑望向窗外，見到那隻疲累的酒紅朱雀。

安佑一眼就看出這隻鳥不尋常之處——鳥兒朱紅的羽毛正不斷散發出一般人絕對看不見的微小光點。

那是動物的靈魂，但卻如此渺小細微，彷彿黑夜裡偶現的螢光，在朱雀身上若隱若現。

安佑走到窗前，打開窗戶的那一瞬間，數千數萬甚至數百萬的細小聲音如鋒鳴般湧入他耳裡。

救……救救……

救神……木……

求求你……通靈者啊……

傾聽我們的請求……千年……

安佑睜大了眼。

動物的靈魂在對他說話，當然不是朱雀，因為牠還活著。

對安佑求救的，是附在朱雀羽毛上的那些細小光點。

原來那些都是微弱到肉眼無法見清形體的靈魂，數也數不清，數以百萬甚至千萬地聚集在一起，微微散發著靈光，卻又在不斷消失。

那些靈魂身上帶著不屬於這個城市的純淨氣息，安佑忍不住伸出手，一些光點立刻離開了鳥兒身上，慢慢盤旋飛落到他掌間。

於是他聽得更清楚了。

救……救救神……木……

時間……時間不多了……

彷彿是用盡了最後一絲力氣，在安佑掌心上的那些光點很快就消失了。

疲累的朱雀叫了幾聲，揮動翅膀，落在安佑掌心上。

「你們是從哪裡來的呢？」安佑輕聲問。

但他得不到答案。

朱雀身上那些不斷消失的渺小靈魂們雖然不斷在求救，卻不知該如何告訴安佑詳盡的地點，就連朱雀自己也無法詳細說清楚，即使他有心想幫忙，也無可奈何。

*

「找到了！」

秦晶晶從二手書店裡的書堆裡抬起頭，指著手上那本鳥類圖鑑，說：「應該是酒紅朱雀。」接著露出困惑表情，說：「但這是高山鳥啊，怎麼會出現在平地？而且還在城市裡？」

「多高的山？」安佑問。

「海拔兩千公尺以上的山。」秦晶晶照著圖鑑上的解說念。

「從這麼遠來的？」安佑有些吃驚。

秦晶晶放下圖鑑，問：「會不會是有人養的，不小心走失了？」

「不是。」安佑很肯定地說，阿熊在旁也跟著搖頭。

這隻酒紅朱雀不是人類所飼養，而是野生的鳥。

牠千里迢迢從那麼高的山上，帶著數百萬的渺小靈魂來找安佑求救，可是到底要他去救什麼？又要去哪裡救？

眼看朱雀越來越萎靡，身上的光點也消失得越來越多，安佑知道那些肉眼幾不可見的微渺靈魂是冒著灰飛煙滅的巨大風險，跟隨朱雀離開山林來到平地，時間越是耽擱，光點消失得越快、越多。

得分秒必爭。

不然牠們的一切苦心都白費了。

「秦晶晶。」安佑忽然拉住秦晶晶的手。

秦晶晶小臉一熱，吃驚地看著他，心臟怦怦跳得好快。

「安、安佑，怎、怎麼了？」還不小心口吃了一下。

「妳們系上有沒有人會知道，這隻朱雀到底從哪來的？時間很緊急，我能依靠的人就只有妳了。」

就只有這樣喔？

秦晶晶心中有些難掩失望，不過還是很快振作起來，說：「系上研究禽鳥的教授就只有一位，今天剛好有課。哇！安佑，你要帶我去哪裡？」安佑拉住秦晶晶的手就要衝出書店，她又嚇了一跳。

「去學校。」

「這麼急？」

「我怕再不快點，就來不及了。」安佑焦急地說。

從朱雀身上發出的求救聲音越來越微弱，幾乎就要聽不見了。

「什麼來不及？」秦晶晶一頭霧水。

「在路上我再慢慢說。」

安佑拉著她的手離開家裡，秦晶晶也沒反抗，任由他拉著。

「別忘了阿熊啊！」她不忘提醒。

「阿熊自己會跟上來。」

果然，她轉過頭，就見到阿熊跟著兩人飛奔過來，那隻疲弱的朱雀棲在阿熊身上，彷彿正在馴服野馬的牛仔。

穿著一身朱紅衣裳的帥氣牛仔。

秦晶晶忍不住又多看了那隻朱雀幾眼，更覺神祕。

＊

葉教授是獸醫系裡唯一研究禽鳥與鳥病的教授，聽了秦晶晶的說明後，也很訝異為何一隻高山鳥會忽然出現在平地城市裡。

葉教授細心檢查了一下朱雀，牠身體外觀看來沒什麼大礙，只是精神萎靡，大概是很不適應平地的空氣與氣候，也有可能是因為長途跋涉的關係，畢竟若牠真是野生高山鳥，會出現在

這裡，可是飛了好大一段距離，起碼有數百公里。

這麼嬌弱的鳥兒，是怎麼辦到的？

「你們確定真的不是有人飼養的？」葉教授也忍不住問了同樣的問題。

秦晶晶望向安佑，只見他再次堅定搖了搖頭，連在秦晶晶懷裡的阿熊，也同樣跟著搖了搖頭。

葉教授好奇地看了一眼阿熊。

「有沒有辦法知道牠是從哪裡來的？」安佑問。

葉教授摸起下巴，沈思。

秦晶晶、安佑和阿熊，兩人一兔，六隻眼睛全盯著他。

過了好一會兒，葉教授似乎要開口說些什麼，大家正期待著，他卻又忽然閉上嘴巴，似乎覺得不妥當，他們期待的心情也跟著落空。

但葉教授又想了一會兒，大概是也想不出更好的方法了，終於還是開口：「目前我唯一想到能幫助你們的人，正好也在這間大學裡任教，只是我不曉得他今年是不是⋯⋯」欲言又止，過了一會兒，才說：「畢竟他年紀也很大了。」

安佑與秦晶晶兩人互看一眼。

「葉教授，可以麻煩您再說詳細一點嗎？」安佑問。

「森林系的藤本教授。」葉教授終於說出了一個人名。

秦晶晶脫口問：「森林系的活化石？」

葉教授看了秦晶晶一眼，她吐吐舌，說：「藤本教授很有名啊，大概是學校裡最老的教授了，沒人知道他真實年齡到底

幾歲，只聽過好幾位教授說，他們還在這裡念書時，藤本教授就在了，現在他們自己在這裡教書，而且教到都快要退休了，藤本教授居然還在。每學期開學時，森林系的學生們都會猜，不知道藤本教授是不是還活著？會不會又回學校兼課？更誇張的是，去年好像有大一新生拿這件事開賭盤，結果被抓到訓導處，差點退學。」

拿人的生死開賭盤啊……這麼不厚道的事，難怪差點被退學，安佑心想。

葉教授回到辦公桌前，在電腦上打開學校的專用學術網路，說：「我來查查課表，看看藤本教授是不是……」他的眉頭忽然一皺，一隻手摸起了下巴，然後，嘆了口氣。

正當安佑與秦晶晶，甚至阿熊，也都要跟著嘆口氣時，葉教授忽然說：「這學期沒有藤本教授的課，下學期兼職老師的課表又還沒出來，所以……」

安佑與秦晶晶馬上又燃起一絲希望，只是葉教授每次講話都不講完，一句話就懸在那兒，不上不下，讓他們的心情也跟著不上不下。

葉教授看了他們一眼，又看看辦公桌上的電話，想了想，拿起電話，直接打到森林系辦公室，問：「請問下學期藤本教授有課嗎？」

總不能直接問人到底掛了沒吧？

研究室裡的所有人，包括阿熊，都屏氣凝神地等待著答案。

聽著電話的葉教授忽然「啊」了一聲，然後沈默，接著說：

「確定真的沒了?」

安佑和秦晶晶垂下肩膀,阿熊的耳朵也垂了下來。

葉教授又講了幾句話,說了聲「謝謝」後,掛上電話。

他的表情有些複雜,卻看不出來到底是喜還是悲,好半天,秦晶晶才輕聲問:「教授?」

葉教授站起身,苦笑了下,說:「真的是活化石呀!」

           *

藤本教授在戰前就在這所大學任教,當時教授的是森林生態與土木,終身未婚,一直孤家寡人到現在,也沒聽說有什麼家人,退休後仍擔任兼職教授,住在學校配發的宿舍裡。

藤本教授向來獨來獨往,似乎沒什麼其他朋友,連森林系的助教們,也是每學期開學前才會去連絡藤本教授,確認他能不能來學校授課。

藤本教授這學期因為帶了兩個研究生去高山做調查,一去就是一、兩個月,因此無法兼課。下學期不再兼課,則是因為森林系考慮藤本教授年紀實在太大,婉言勸他該考慮真正退休,好好休息,不然要是學生年年開賭盤,蔚為風氣,也實在讓人苦惱。

葉教授帶著安佑與秦晶晶來到森林系的系館,這是一棟戰前興建的二層樓老建築,一走進去,眾人便忍不住打了個哆嗦,連在安佑懷裡的阿熊都打了個噴嚏。為了要保存擺放在系館一

樓走廊上的各種植物昆蟲標本，這一區的溫度總是控制在二十度上下，夏天感覺涼爽，其它時候就有些陰冷了。

一行人往走廊盡頭前進，不知是不是錯覺，越往裡走，頭頂上的燈光就越昏暗，當他們走到盡頭時，那盞懸在藤本教授研究室外的燈泡還一閃一閃的，不見人修護，更添一股陰森。

彷彿在那扇門後的主人，被遺棄在世界的角落，連歲月都忘記了他。

這裡真的有活人嗎？

連葉教授舉起手敲門前都遲疑了一下。

「叩、叩」。

他們靜靜在門外等待著。

沒有回音。

葉教授再度舉起手，正要敲第二次門時，那扇陰暗的門忽然打開了，在完全沒有聽到腳步聲的情況下，門這一開，加上在閃爍日光燈下更顯慘白的一張蒼老面孔猛地出現，這場面、這氣氛——

「呀——！」秦晶晶叫了出來，整個人跳進安佑懷裡，高分貝的尖叫聲瞬間迴盪在狹小走廊。

見鬼了啦！好恐怖好恐怖好恐怖——

安佑忍住笑，忙安慰她：「沒事、沒事。」

眼前的老人身形矮小削瘦，臉頰微微凹陷，滿臉皺紋，根據葉教授的說法，他年輕時，藤本教授就已經在學校任教了，葉教授現在快六十歲，那藤本教授豈不是要將近百歲了？

「有什麼事嗎？」老人的聲音沙啞，帶著些異國口音，但聽起來還算有中氣，不像一般老人那樣講話虛弱，而且不知道是不是年輕時養成的習慣，藤本教授的身子站得挺直，沒有一般老人佝僂駝背的模樣。

葉教授差點就要脫口而出：真的是活化石啊……

他趕緊回過神，將來此的目的簡單解釋了一下，年近百歲的藤本教授聽完後，看了一眼停在阿熊背上的那隻酒紅朱雀，問：「野生的？」

安佑點點頭。

「從哪來的？」藤本教授又問。

安佑忽然凝神，過了一會兒之後，說：「有神木的地方。」

藤本教授微微睜大了眼，問：「神木？」

安佑點頭。

「那也太廣了。有神木的地區至少有好幾處，每一處都在海拔兩千公尺以上，都是酒紅朱雀會出沒的地方。這種鳥不可能出現在平地的，你們搞錯了，一定是有人養的。」藤本教授似乎不太高興被這種無聊事情打擾。

安佑看見原本附著在酒紅朱雀羽毛上的那些微小光點開始紛紛湧向藤本教授，細微到近乎聽不見的耳語在陰涼的空氣中傳入安佑耳裡：

神木……夫妻……

雷……

快點……快來不及了……

安佑知道只有他能聽見這些靈魂的耳語，即使那些微小光點急得在藤本教授臉龐邊打轉，老人家仍舊無動於衷，準備關門。

　　「藤本教授，等一等！」安佑連忙阻止。「夫妻！神木！雷！快點！」情急之下他剛剛聽到什麼就全數說了出來，也不管到底合不合邏輯。

　　葉教授和秦晶晶一臉奇怪地望著安佑，彷彿覺得他瘋了，但這一串有如密碼的字句聽在藤本教授耳裡，卻立即被破解，只見老人睜大了那雙細小的眼睛，甚至往前走了一步，盯著安佑，問：「你說什麼？」

　　安佑知道藤本教授聽懂了，儘管他自己仍一知半解。

　　藤本教授臉龐附近的微小光點一個接著一個消失了，但仍試圖釋放出最後的求救信息。

　　「神木，有危險。」安佑說。

　　　　　　*

　　「好冷喔。」秦晶晶說話間嘴裡呼出了白霧。

　　不過隔一天，此刻他們已經在中部某處高山林裡，藤本教授聽完安佑那些話，二話不說，立刻轉身回研究室將幾乎還沒整理的登山行李再度打包，斬釘截鐵地說他知道那隻酒紅朱雀來自哪裡，而且急著要出發，簡直比安佑還急。

　　葉教授擔心老人家的身體，但怎麼勸都勸不動，只好叮囑

秦晶晶千萬要照顧好老人家，不要在山上出意外，畢竟藤本教授可是珍貴的活化石，不對，是森林系的國寶，要是出了意外，他怎麼向學校交代？

於是秦晶晶只好也跟著安佑和藤本教授一起上山。

藤本教授本來就是專門研究高山林的學者，登山裝備齊全，經過保護區時甚至不用特別申請，只要和巡林人員打聲招呼就放行了。

儘管已經九十多歲了，但藤本教授身體依舊硬朗、健步如飛，平日缺乏運動的安佑和秦晶晶在他後頭跟得氣喘吁吁，秦晶晶甚至出現輕微的高山症，開始頭暈眼花。

安佑除了身後背著一個登山包，還斜背著一個小竹簍，大小剛好放得下阿熊，只見竹簍裡探出一顆黑呼呼的兔子頭，懷念地看著四周的景物，那隻酒紅朱雀已經疲弱到站不直身子，半倒在阿熊身上，連睜開雙眼的力氣都沒有了。

「教授……藤本教授！能不能休息一下？」秦晶晶終於忍不住哀求。

空氣這麼稀薄，健行又這麼急，她快不能呼吸了啦。

「神木有危險，我很擔心。」藤本教授絲毫沒停下腳步。

夫妻，雷，神木。

夫妻樹。

雷擊。

神木。

他研究這座島上的高山神木多年，符合夫妻樹條件、而且

曾被雷擊的神木，只有這個地方有。但二十年前那對夫妻樹被雷擊中起火燃燒後，其中一棵死亡，另外一棵也在一年多後莫名枯死，彷彿追隨伴侶而去。

既然兩棵神木都枯死了，還會有什麼危險？

也許，是這地方還有另外一棵神木，就在那對夫妻樹的殘骸附近？

這座島上曾經有豐富的千年神木，卻在戰時被無情地砍伐，運往海外，不但斷根，而且永遠離開了生長的地方。

只要一想到自己曾是指使帝國部隊尋找千年神木的劊子手，老人家就難過得心臟直抽痛。

他熱愛著這片土地的山林，更驚歎那歷經千年風霜雪雨才長成的巨大神木，但他無法違背軍令，只是當鋸子切割在樹體上時，他感覺到自己的心也彷彿被鋸子凌遲，血肉橫飛，一如那飛濺的木屑。

那麼多年了，現在他聽到任何鋸子的聲音，仍會瞬間血壓飆高，情緒激動。

他知道自己不過因為安佑幾句摸不著頭腦的話就整裝跑來山裡，未免太魯莽，可是那年輕人模樣認真，不似在開玩笑，也不像精神異常。

所以他立刻就相信了，相信神木有危險。

研究神木這麼多年，他深知除了自然天災，人類的危害更加危險。

那些盜砍神木的山老鼠。

バカヤロ！（混蛋！）

　　老人的手猛地抽了一下，似乎想伸手到背包裡去拿什麼東西，但還是忍住。

　　「不，我們不能休息。」藤本教授意志堅定，繼續往前走。

　　安佑看著快哭出來的秦晶晶，只能安慰她：「沒關係，我們慢慢走，我陪妳。」

　　「安佑，你不覺得這裡快吸不到空氣了嗎？」秦晶晶苦著一張臉，很想哭，卻也知道絕對不能哭，在這種空氣稀薄的地方放聲大哭，她大概馬上就會因為缺氧暈死。

　　安佑笑了笑，說：「我沒有高山症。」

　　「阿熊也沒有嗎？」秦晶晶望向竹簍裡的阿熊。

　　安佑看了一眼仍不住左右張望的阿熊，說：「阿熊很習慣這裡。」

　　畢竟牠就是在這樣的地方長大的。

　　　　　　＊

　　下起雨了。

　　綿綿的細雨。

　　接著起霧了，濃霧很快遮住了眼前的視線，能見度一下子變得很低，秦晶晶從沒見過這樣濃的大霧，因為怕走失，很自然地牽起了安佑的手。

　　一路走在前頭的藤本教授深知在霧中迷路的嚴重性，也不

得不暫時停下。

可是老人卻很焦急。

不知道為什麼，他總覺得時間快不夠了，可是茫茫大霧裡，連路都看不清楚，他們該怎麼辦才好？

忽然，安佑身前竹簍裡的朱雀奮力振翅，離開竹簍，迅速往前飛入濃霧裡。

不久，在濃霧裡傳來幾聲短促的鳥叫聲。

「吱、吱、吱。」

藤本教授一喜，心想：難道是那隻酒紅朱雀在帶路？

是了，一定是，牠就是從這兒離開，飛到平地的吧？

藤本教授回頭看了一眼，正好見到安佑牽著秦晶晶從濃霧裡慢慢現身。

酒紅朱雀的叫聲再次響起，而且一次比一次急促，彷彿在催促他們快點，不然就來不及了。

「藤本教授，霧這麼大，要不要等一下？」秦晶晶問。

「不，不用，那隻朱雀會帶路。」藤本教授說：「快，快跟上牠的叫聲。」老人說完後，身影很快消失在霧裡。

「安佑，那隻朱雀回到高山裡，馬上變得很有精神了呢，之前在山下看牠還病懨懨的。」秦晶晶說。

安佑沒有回答，只是忽然停下，蹲下拾起某樣東西，刻意避著不讓秦晶晶看。

秦晶晶很好奇，但見安佑眼神有些悲傷，便打消了追問的念頭。

一行人走了一陣子之後，霧氣開始散去，朱雀的聲音也暫時消失了。

秦晶晶伸長了脖子往前張望，問：「那隻朱雀呢？」

安佑沒說話，但他臉上的表情讓秦晶晶察覺到不對勁。

「安佑，朱雀沒事，對吧？剛剛是牠在引路，是不是？」秦晶晶小心翼翼地問。

安佑猶豫了很久，才慢慢把收在身後的手移到她面前，在他掌心裡的，居然是已經斷氣的朱雀。

「怎麼會這樣？！」秦晶晶一問完，聲音就開始哽咽。

剛剛不是還好好的嗎？怎麼會——

安佑將朱雀已經冰冷的身體放進竹簍裡，阿熊用鼻子輕輕推了推牠。

朱雀身上那些細渺靈魂已經消失得差不多了，無法再出聲指引安佑，又遇上大霧阻礙，精疲力盡的朱雀眼見時間緊迫，居然用盡最後力氣，飛出竹簍，一頭撞向大樹自盡，肉體的能力有限，靈魂卻能打破界限，不受拘束。

朱雀壯烈犧牲自己的性命，只為能即時引領他們去搶救神木。

也許，這隻朱雀身負使命下山尋找救援時，就已經有了覺悟。

「不要哭。」安佑認真地對秦晶晶說。「現在一哭妳就會昏過去。」

可是秦晶晶還是憋得小臉通紅。

安佑只好退而求其次,說:「好吧,但不要放聲大哭,慢慢哭,讓眼淚慢慢流,但也不要流太多……」話還沒說完,秦晶晶的肩膀就抖動起來,淚珠滾滾而落,滴滴都落在朱雀已經失去光澤的羽毛上。

濃霧完全散去,陽光重現,朱雀的靈魂躲在樹蔭下,仍不放棄地對著他們呼喚。

「吱、吱、吱」。

快來、快來啊!沒有時間了!

藤本教授忽然蹲了下來,一臉嚴肅地看著一片雜亂的草地。

安佑走過來,問:「怎麼了?發現什麼了?」

「看。」老人指著一棵樹旁狀似雜亂的一堆雜草。「有人在這裡打結做了記號。」他伸手往草堆裡一摸一拉,果然底下還打著三個結,其中一個結裡綁著一塊石頭。「山老鼠的記號。」

這個地區向來濃霧遮繞,又有「煙霧森林」之稱,自從多年前那對夫妻樹被雷擊打中,雙雙枯死之後,這裡便再也沒有任何發現神木的紀錄。但沒有發現,並不代表不存在,高山裡有太多神祕無人探訪之地,就連他做了幾十年研究,也不敢說全部的地方都去過了,更何況是這種霧一起就什麼都看不到的危險地方。

藤本教授抬頭,看見秦晶晶滿臉淚痕,愣住,問:「哭什麼?」

「朱雀死了。」秦晶晶小心翼翼地一面說,一面努力吸氣。

剛剛這一路哭著走來,她已經覺得嚴重頭暈眼花,頭也好

疼,她得克制才行,雖然她是真的很難過⋯⋯

藤本教授站起身,看著竹簍裡的朱雀遺體,表情默哀,他什麼都沒有問,只是低聲對著朱雀說:「是這樣嗎?真是辛苦你了。我一定會保護神木的。」

一旁的秦晶晶眨著滿是淚光的雙眼,好奇地看著藤本教授。

難道藤本教授也能通靈嗎?

不,即使無法聽見靈魂的呼喚,也能輕易明白朱雀的苦心與犧牲吧?

一念及此,她的眼淚又開始不聽話地落了下來。

「吱、吱、吱」。

朱雀的靈魂又叫了。

*

太陽已經下山,漸漸看不清前方道路,藤本教授卻不願拿出手電筒。

既然已經知道這附近是山老鼠出沒的地帶,手電筒的光芒只會打草驚蛇,甚至引來危險。那些知法犯法的山老鼠若是被發現蹤跡,為了逃避刑責,很有可能痛下殺手。

他們一路上在幾乎分不出是人為踏出的小徑還是雜草堆裡,尋找山老鼠的記號,但夜色漸濃,他們越來越難找到那些記號,即使入夜氣溫已低,藤本教授仍急得滿頭大汗。

天黑了,要是又起霧,那他們哪裡都去不了,只能任由時

間流逝。

這時秦晶晶忽然「咦」了一聲，只見前方的杜鵑花叢裡閃起微弱的螢光。

是高山螢火蟲。

奇怪的是，通常螢火蟲是散落飛行，不會集中行動，但前方杜鵑花叢裡的螢火蟲卻成群結隊，聚在一起發光，即使微弱，但也足以照明一部份的路徑。

就連藤本教授都很訝異，他轉頭和安佑對看了一眼，兩人似乎都知道彼此在想什麼，於是他立刻大膽地跟著螢火蟲繼續往下走。

一團微微螢火在前方引路，天色已黑，空氣潮溼冰涼，夜晚的高山林氣溫將近零度。漸漸又起霧了，伸手不見五指，完全不知道自己身在何處，要不是彼此牽著的手還有溫度，秦晶晶真要以為自己已經離開了人間，走在通往冥府的道路上。

忽然，螢火蟲一哄而散，藤本教授立刻停住腳步，並示意身後兩人跟著停下。

秦晶晶想張口問，但安佑連忙拉拉她的手，要她安靜。

怎麼了？

接著秦晶晶聽到了人聲，還有器具拖在地上的聲音，在濃霧前方，有人正在說話，但聲音壓得很低，聽不清他們在說什麼。

接著是某種機械開動的聲音，安佑和秦晶晶還沒來得及分辨那到底是什麼聲音，藤本教授忽然一聲暴喝，臉龐漲得通紅，

他扔下背包,居然從背包裡抽出一把大獵刀!

「バカヤロ!」(混蛋!)

獵刀出鞘的光芒在霧裡一閃,藤本教授衝進了濃霧裡,正當安佑與秦晶晶驚訝老人家居然隨身攜帶這麼危險的武器時,濃霧裡傳來了藤本教授操著日語的怒罵聲與幾個人的驚叫。

「バカヤロ!伐らせてたまるか!!」(混蛋!休想盜伐!)

有人喊叫著安佑與秦晶晶難以辨認的異國語言,和藤本教授的日語混雜在一起,他們似乎打了起來,安佑不知道到底該擔心誰?擔心那些人被獵刀砍傷?還是擔心老人家被人欺負?

忽然一聲慘叫傳來,二人驚慌對看──是藤本教授!

怎麼辦?他們要衝進濃霧裡救人嗎?

就在這個時候,一道光芒忽然從霧裡射出,直湧向安佑身前的阿熊,安佑眼一花,身子一晃,阿熊便趁勢從竹簍裡跳了出來,落地時已經不再是兔子的形體,急奔而去。

「安、安佑⋯⋯」秦晶晶指著阿熊奔去的背影,手指有些顫抖。「那是不是⋯⋯熊?」

她剛剛好像見到了一隻黑色的熊,從安佑面前衝了出去!

安佑還沒來得及解釋,有人從霧裡衝了出來,看那樣貌並不是本地人,那人臉上濺著血,見到安佑他們先是一愣,接著露出兇惡表情,手裡高舉著原本緊握在藤本教授手裡的獵刀,眼見就要朝秦晶晶身上砍下,安佑連忙不顧危險朝那人撲過去,兩人跌倒在地後隨即扭打在一起,但那人力氣很大,安佑漸漸

抵擋不住，秦晶晶在旁看得焦急，可在一片大霧中，她也不知道該找誰求救。

她不敢大喊，只怕招來更多敵人，於是只能慌亂地四處尋找可以攻擊敵人的東西，但濛濛大霧裡她什麼都看不到，蹲在地上也只摸到一堆碎石子，她沒想太多，抓起一把又一把碎石和沙子就往在地上扭打的兩人扔過去，其中一把正好扔中了那人的眼睛，他吃痛跳了開來，隨即一面痛苦地揉著眼睛，一面舉著刀往秦晶晶走過來。

「秦晶晶，快逃！」安佑急忙喊。

但她太害怕了，怕得雙腳發軟，偏偏在這個時候，她清楚聽見身後傳來雜沓急促的腳步聲。

完了，前後包夾，死定了！

「小心！」一道尚帶著稚嫩的童音在她身後響起，一個孩子拉著她躲開，同時後方來了許多大人，手持獵刀與弓箭，怒喝著衝了過來，原本要攻擊秦晶晶的那人見情勢不對勁，轉身就想跑，但哪跑得過從小就在山間長大的高山族人，一下子就被撂倒在地，連掙扎都不敢。

誰都知道千萬不要惹毛高山族，這裡可是法律管不到的地帶，要是真的被殺害棄屍也不會有人追究吧？況且他還是個逃逸移工，在這裡沒有親戚，也沒有雇主，死在這種荒山野外也不會有人發現。

「姐姐，沒事了。」穿著族服的小男孩摟著秦晶晶，很有男子氣概。「壞人，捉住了。」

「你們……你們怎麼會知道……」秦晶晶的聲音顫抖。

「是熊靈帶我們來的。」小男孩說。

「熊靈？」

秦晶晶腦海裡立刻浮現那隻忽然出現的黑熊。

幾名壯碩的高山族獵人衝進霧裡，沒幾下就拖出三個移工，先狂揍一頓後再押在地上，用原本要綁獵物的繩子將他們綁得密密實實，動彈不得。

「該死的外地人！」一名高山族人將所有盜砍神木的器具扔在那幾個移工身邊。「砍了你們祭祖靈！」

移工們一聲都不敢吭，也不知道聽懂了沒有。

「這裡……真的有神木嗎？」秦晶晶看著那些伐木工具，忍不住問。

除了一陣又一陣的濃霧，她什麼都還沒見到就莫名其妙先走過一趟生死關頭，嚇得連站都站不穩。

彷彿呼應她的疑問，這時下起了不算小的雨，霧氣化為水滴落地，月光破開雲層，灑下滿地光芒，周圍一片明朗。

然後她看見了，在霧氣仍舊緩緩繚繞的前方，有一棵要數十人才能合抱的千年巨木，高聳直入天際，把脖子望酸了都還見不到樹頂。

高山族人都驚呆了，在這山區生活多年，他們從未發現過這棵巨大神木，他們驚喜地圍繞在神木旁，用族語興奮地說個不停，恭敬膜拜，然後他們見到了跪著緊抱住神木的藤本教授。

老人家滿臉是血，已然沒了氣息，但臉上卻帶著微笑，彷

彿知道自己終於保護了這棵從未被人發現的神木。

　　高山族人恭恭敬敬地將藤本教授的遺體移開，一名族人扶起安佑，問他：「遺體要運下山嗎？」

　　安佑看見那些微小的光點聚在一起，逐漸圍出一個人形，那是藤本教授的靈魂，肩上停著那隻酒紅朱雀。安佑看著那被無數細小光點圍住的靈魂對自己微微點了點頭，然後轉身，連同那隻朱雀，一起往神木內部走去，霎時更多無數的渺小光點從神木裡湧出，之後隨著微光漸漸散去，那一人一鳥的身影也完全消失。

　　那些微小的光點，都是數千年來受神木庇護的生靈，大至雀鳥松鼠，小至昆蟲甚至微生物，牠們以神木為家，世世代代都在此寄居生長，死後也不願離去，甘願放棄輪迴，留在神木裡，換牠們庇護千年神木。

　　只是一旦放棄輪迴，魂魄離開寄居的神木不久，便會灰飛煙滅，無法進入輪迴。

　　但那數不清的微小生靈們並不在意，如果有必要，牠們願意犧牲自己，只為保全神木。

　　保護牠們的家。

　　保護牠們下一代的子孫。

　　安佑又聽見了——

　　謝、謝謝……

　　通靈者啊……謝謝你……

　　謝謝……

神木……安全……了……

　　「遺體，不用送下山了。」安佑看著面容安詳的藤本教授。「請將他火化，骨灰就灑在神木旁。」頓了頓，又說：「這是藤本教授的遺願。」

　　老人家原本就打算死在他最愛的山林裡吧。

　　「吱、吱、吱」。

　　酒紅朱雀的聲音再度響起，接著其他鳥雀的聲音也跟著響起，婉轉憂傷。

　　那是棲息在神木上的美麗鳥兒，牠們齊聲鳴叫，替這位內疚多年的老人家吟唱最後一首美麗的送葬曲。

　　藤本教授的靈魂決定留在這裡，要和那些數不清的世代生靈們，一起守著神木。

　　一名高山族人引吭高歌，讚頌老人的勇氣。

　　雨停了，又起霧了，很快他們再也看不見彼此，只有雀鳥鳴聲與人聲歌唱在緲緲白霧裡迴盪。

　　躲過一劫的千年神木再度隱沒於雲霧間，這是一棵將不會出現在任何地圖紀錄座標上的神木，它將繼續安靜地隱居山間，不受人類干擾。

　　　　　＊

　　「姐姐，給妳。」高山族的小男孩拿出隨身攜帶的水壺，倒了一杯水給秦晶晶。

秦晶晶還沒道謝，小男孩又問：「姐姐，妳幾歲了？」

雖然這個問題有些突兀，不過秦晶晶還是老實回答：「二十四。」

雖然她還在念大學，但因為先工作過一陣子，又準備了兩年才考上，所以年紀比一般大學生還要大上三、四歲。

「我十歲。」小男孩露出潔白牙齒。「等我長大，姐姐做我老婆，好不好？」

秦晶晶一口水差點噴出來，這小男孩也未免太早熟了吧？！

她趕緊岔開話題：「你剛剛說看到熊靈？」

「喔！對喔！」小男孩拍了一下大腿。「黑熊，高山裡的黑熊，胸前有一道這樣的白色花紋。」他用手指比畫出一個V。「姐姐，妳有看到嗎？」

秦晶晶想點頭，又想搖頭，連她自己都不曉得是不是見到了。

「你怎麼知道是熊靈？說不定是真的熊啊？」她說。

「是熊靈，黑熊身上有光，牠帶我們來的。」小男孩很肯定地說：「山裡的黑熊早就不見了，都沒了。」

秦晶晶還想說什麼，一隻黑色的兔子忽然蹦了過來，滿身都是雜草泥土，有些狼狽。

「阿熊？」

「晚餐！」小男孩立刻伸手想拿弓箭。

「不要射牠！牠是我們養的兔子！」秦晶晶連忙過去一

把抱起阿熊。「阿熊,你什麼時候不見了?」她細心地替阿熊一一拿掉黏在黑毛上的雜草碎屑,忽然間,見到阿熊胸口那道顯眼的白色 V 形花紋。

某些東西瞬間連結了起來,她訝異地看著阿熊,不自覺脫口問:「阿熊……你真的是一隻不尋常的兔子,對吧?」

有人插話:「姐姐,真的不能當晚餐吃嗎?」

「不行!」

「那妳要不要做我老婆?」

「你可不可以話題不要轉那麼快啊?」

之六。契子。

之六、契子[4]

    又是個月黑風高的夜晚。

    一艘不怎麼起眼的老舊漁船，在海面上隨著海浪沈浮搖擺，漁船上只有一盞微弱的燈光，隱約可見幾個人影在燈光下忙碌地來往，卻又異常安靜。

    這是一艘走私漁船。

    走私的不是一般貨物，而是黑槍。

    為首的走私頭子站在甲板上，看著幾名手下一面清點貨物，一面用無線電與買家連絡。

    算算他做走私這行也有十幾年了，以前不過是走私些菸酒，賺點外快，後來越來越不景氣，加上對岸開放之後，更多人走私菸酒乾貨，甚至各種鳥獸蟲魚，逼得他沒生意做，只好鋌而走險，改為走私黑槍。錢是賺得不少，但危險也不少，被通緝過好幾次，為了怕被抓只好離開家鄉，順便在海外繼續「採買貨物」。

    以前還能靠空運，現在抓得兇，只好靠海運，但現在衛星定位也很厲害，在海上也能查到蹤跡。

    看來走私這行是越來越不好混了。

    但除了走私，他又能做什麼？

---

[4]「契子」是指與神明訂定契約，請神明擔任孩子的守護神。通常是取一紅絲線，串以銅錢，掛在孩子身上為信物。媽祖即為常見的「契神」之一。

因為漂泊海外躲避通緝，老婆跑了，家裡人不願承認他這個不肖子，基本上算是完全斷絕了關係，到了這個年紀仍是孤身一人，想想自己還真是適合走私這一行，因為根本不用怕會連累親人。

他遙望遠方，想著難道自己真要這樣躲躲藏藏一輩子嗎？

他下意識地摸了摸自己脖子上以紅絲線串起的一枚銅錢。

也很久沒回去看看「乾媽」了，該去換條紅絲線保平安了。

這次若是順利的話，也許可以——

「老大！不好了！」一個手下一面叫喊一面衝出船艙，同時手指遠處。

他瞇細眼望去，一道隱隱約約的燈光從遠處正快速接近。

是其它漁船？還是只是巡邏的海巡署？

靠，不會這麼衰吧？難道是刑事局帶人來抄船？

他都已經吩咐把漁船開離岸上這麼遠了，居然還追查得到？

事先不是已經在這艘船的衛星定位系統上動過手腳了嗎？

「是條子！」

甲板上瞬間一片混亂，有人甚至拔出了槍。

他連忙制止：「笨蛋！拔什麼槍！快把槍藏起來！被條子看到怎麼辦？」

雖然船艙裡有幾十枝槍，條子要是真來了，怎麼藏也藏不住，也不差這一枝。

但那名手下並沒有收起槍，而是把槍頭對準了他。

「老大,對不起。」

果然有內鬼,而且還是跟了他快五年的老兄弟。

他的老兄弟一面解釋自己上有老母、下有妻小,不得不配合警方,一面將槍上了膛。

他懶得再多聽解釋,眼見海巡署船隻的燈光迅速逼近,他才不想被抓去關在牢裡。眼見自己最信任的老兄弟臨陣倒戈,沒辦法開船逃走,他心一橫,索性翻身就跳下了船!

好歹也是在海上走私這麼多年了,他至少還知道怎麼游泳。

跳船逃生只是單純不想被抓,但身子一旦被冰冷海水包圍住,他便立刻清醒過來,然後懊悔。

他發什麼神經啊?

現在又不是在岸邊,是在大海上啊!

就算他逃過了警察的追捕,又要怎麼回到岸上?自己一個人游回去嗎?怎麼可能?光是漁船開到這裡就花了整整一天,他要游幾天才能游到岸上?

這下可好,現在該怎麼辦?

他憋氣在海水底下漫無目的地游了一陣子,再探出海面,發現自己離那艘漁船已經有好一段距離,幾艘巡邏艇已經包圍住漁船,條子應該很快就會開船來找他,還是先溜為妙。

可是⋯⋯真的要逃嗎?

這一逃,除非遇上奇蹟,不然也是死路一條,不是溺死就是脫水而死,被抓回去至少還能活著,而且還有三餐定時的牢飯可以吃。

一道探照燈光突然對準他臉上射來，強烈的光度讓他瞬間睜不開眼睛，本能地舉起手來遮擋，接著擴音喇叭裡傳出警察的聲音：「丁家祥，待在原處不要動！」

　　本來還在天人交戰要不要乖乖等著被抓，但被燈這麼一照、又被警察這麼一喊，多年偷偷摸摸走私的習慣一時改不了——他轉頭就逃！

　　只是現在是用游的而已。

　　夜黑風高，尋人不易，幾個浪花打來，在海裡的人就消失了蹤影。

　　在巡邏艇上的刑警氣得直跳腳，佈了這麼多年的線，現在終於要收網了，卻偏偏漏掉了最大的一條魚。

　　「可惡！我自己去追！」某長官一面激動大喊一面踩上甲板護欄。

　　「長官！別激動！」

　　「長官！不要跳！」

　　「長官您不會游泳啊！」

　　「長官……」

　　「媽的是誰推——」

　　「撲通」！

　　「……」

　　「……」

　　「……還等什麼！快去救人啊！」

*

如果現在是漲潮就好了。

可惜不是。

丁老大知道自己再怎麼游都無法游到岸上了,乾脆自暴自棄,就讓自己隨波逐流,被迅速退去的浪潮一路帶往沒有盡頭的大海中央。

天空還是黑的,不知道什麼時候才會天亮?

太陽出來後,他應該很快就會全身曬傷,然後脫水,接著死去。

他是聽過有人在海上漂流,為了生存下去,喝自己的尿以防嚴重脫水。

他更後悔自己幹嘛要逃了,至少在牢裡不用喝自己的尿。

他知道自己已經眾叛親離,除了在海上走私外也沒什麼專長,這輩子更是沒幹過什麼好事,雖然沒親手殺過一個人,但年輕時血氣方剛,倒是砍過不少倒楣傢伙,而且買賣黑槍也等於間接助長殺人風氣。

看來自己實在是罪孽深重。

他疲累地抬起手,摸了摸自己脖子上那枚銅錢。

媽祖婆啊,求您大顯神靈,讓我活下去吧。

以後我一定洗心革面,再也不走私買賣黑槍了,而且會認份找工作,重新做人。

漆黑的天空漸漸褪成了濃重的深紫色,再漸漸變成藍紫

色,天就要亮了。

　　他想看看太陽從哪個方向升起,心想這大概是他人生最後一次看到日出。

　　一道小小的黑色影子忽然飛快從天空中劃過,他還來不及看清,緊接著一整群小小黑色影子嘩啦啦地從他頭上飛過。

　　是鴿群。

　　海上怎麼會有鴿子?

　　他轉過頭想追尋鴿群的蹤影,看見有一方天空已經染上了薄薄的亮橘色。

　　是日出的方向。

　　摸著銅錢的那隻手緊了緊,然後已經四十多歲的大男人落下了眼淚。

　　靠,哭個屁啊,都要脫水了還哭,不是更早死嗎?

　　可是……靠!為什麼就是忍不住掉下眼淚?還好這裡是大海中央,沒有人會看見,个然豈不是讓人笑掉大牙,堂堂走私黑槍大王丁老大居然——

　　「呀哈。」

　　他愣了一下。

　　是誰在笑?

　　這附近有人嗎?

　　他抬起頭,身子一僵,整個人突然往下沈,原本就疲累不堪的身軀掙扎了幾下,居然很倒楣地小腿抽筋,沈入水裡的丁老大一臉扭曲,張開了嘴,卻只罵出一堆「咕嚕嚕」的透明水

泡。

這死法未免太窩囊。

居然因為幻聽而把自己嚇到抽筋溺水而死⋯⋯

靠，溺水雖然比脫水死得快一些，但很痛苦啊⋯⋯可惡⋯⋯儘管他拼命睜大了眼睛，但只看得見一堆水泡，身體不斷往下沈，肺痛得要像是要炸掉，再多待一兩秒他就會——

丁老大又次愣住。

是迴光返照？還是媽祖顯靈？

他居然⋯⋯居然在海裡見到了一張如同彌勒佛似的笑臉。

彎彎的眼、圓圓的臉、尖尖的鼻子⋯⋯尖尖的鼻子？

接著他感覺到有東西從下方頂起他的身體，將他整個人迅速往海面推去，他抬起頭，看見了波光粼粼，彷彿即將進入天國。

「噗哇！」

他的頭一離開水面便狠狠吸了一大口空氣。

然後又是一口。

腳下有個滑溜的東西突然一閃，接著他又聽到了那像是小孩子般的笑聲。

「呀哈。」

是海豚。

一隻通體隱隱泛著粉色的白色海豚。

「靠，笑個屁啊。」歷劫歸來的男人見到海豚一臉笑意，瞬間一肚子不爽，儘管這隻海豚剛剛救了他一命。

海豚用尖尖的鼻子輕輕戳了戳他的眼睛下方，似乎在嘲笑他方才因為怕死而流淚。

「你都看到了？」丁老大瞪大了眼，想裝出最兇狠的模樣，隨即又覺得好笑。

不過是隻海豚罷了，被看到就被看到，難不成牠還能跑去告訴其他人嗎？

只是隻不會說話的動物而已……

「呀哈。」

「不要笑了。」

「呀哈哈哈。」

「你知道你的笑聲很難聽嗎？」

丁老大覺得他的腦袋一定是被海水浸壞了，不然為什麼一直和一隻傻呼呼的海豚在對話？

白色的海豚這時微微側過身子，抬高了一邊的鰭，竟像是要安慰他。

他沒好氣地咕嚕了一聲，轉過頭不想理會，但過了一會兒，他朝海豚舉起來的魚鰭伸出手，原本以為只是碰一下就好了，沒想到海豚靠了過來，將他半個身子背在了背上，然後往浪潮推進的反方向游去。

這是要帶他……回到陸地上嗎？

海豚並沒有游得很快，一面游還不忘一面對他「呀哈哈」地喊幾聲。

牠不是在笑他，牠一開口就是這樣的聲音。

彷彿孩子在笑。

丁老大攀在海豚身上，還沒有完全從驚異中回過神來。

太陽已經完全升起，清晨的曙光照耀在身上，海風呼呼地吹，海浪嘩啦啦地拍打，他眨眨眼，一隻手不自覺地撫摸起海豚光滑的皮膚，一段記憶突然從腦海深處湧現⋯⋯

他轉過頭，想要看清楚海豚的尾巴。

但海豚的尾巴在海水裡面擺動著，他看不清楚。

然後他聽見海浪聲裡夾雜著柴油引擎的聲音，下一刻，一艘貨輪出現在他的視野裡。

*

數年後。

春雷響起，夜晚開始漸漸熱鬧起來，蟄伏一整個冬季的生物紛紛復甦，蟲鳴蛙叫此起彼落，也吸引了不少靠此維生的夜行動物。

那隻嬌小的金黃色蝙蝠就是在這時候出現的。

「咚」。

有什麼東西撞上了窗戶。

安佑睡得正熟，在地上的阿熊警覺地立起身子想要看清楚，但可惜牠實在太小個，什麼都看不到。

「咚，咚咚咚！」蝙蝠開始用翅膀敲起窗戶，似乎很著急。

阿熊不管了，後退幾步，算準距離，兩隻結實後腿用力一

蹬跳上床，胖胖的身子不偏不倚正好壓在安佑胸口！

「噗！阿熊！不要這樣叫醒我……咳咳……」

阿熊不理他，往窗口跳過去，然後轉頭望著安佑。

「咚咚咚！」窗戶又響起了聲音。

安佑迷迷糊糊地找到眼鏡戴上，起床開窗，那隻嬌小的金黃色蝙蝠立刻飛了進來，停在他的肩頭上，整顆頭湊到他的耳邊，彷彿在低語什麼秘密。

安佑睜大了眼。

就在這個時候，秦晶晶打來了電話。

金黃色的嬌小蝙蝠翩然離去。

*

在賞鯨船上的秦晶晶興奮地喊：「安佑，你看！鯨魚耶！」

她轉過頭，只見安佑雙手緊緊握著船邊欄杆，眼神直視遠方，臉色蒼白，眼神完全不敢亂飄。

「安佑，鯨魚在那邊啊。」秦晶晶推推他的手。

表情已經很難看的安佑終於再也忍不住，轉身衝到廁所裡狂吐起來。

阿熊已經倒在馬桶旁，短胖的前腳還不時抽搐兩下。

秦晶晶連忙跟過去，見到這一人一兔暈船暈成這樣，很想笑卻又過意不去。

早知道他們會暈船暈得這麼嚴重，就不要硬拉他們上船了。

「安佑，你還好嗎？」

安佑跪在馬桶前，背對著她伸出手，虛弱地晃了晃，示意她離開。

秦晶晶只好識趣地關門離開。

昨天她忽然得知自己申請研究野生鯨豚的實習通過了，得整整一個星期都待在海邊，為了怕安佑擔心，出發前臨時打了個電話通知，沒想到安佑得知她要實習的地點，立刻說他也要去！

秦晶晶高興都來不及，什麼都沒多問，便讓安佑與阿熊一起跟著來到了實習的地點，然後連民宿的椅子都沒坐熱，就立刻帶著他們上了賞鯨船。

安佑原來會暈船啊？那為什麼還要跟著來呢？

秦晶晶想了想，忽然臉紅起來。

她走到船艙的駕駛室，問船老大：「請問還有多久會回岸上？」

「那要問你們教授了。」船老大望向正在甲板上研究數據的教授。

現在還是賞鯨淡季，基本上沒什麼客人，教授特地情商能不能租用幾天漁船，船老大很豪爽地答應了，反正淡季閒著也是閒著，出海有點錢賺也好。

秦晶晶看了看正在專心研判數據的教授，心想大概一時三刻是不可能回到岸上了。

「妳男朋友暈船了啊？」船老大問。

「哎唷，他才不是我男友呢！」秦晶晶連忙否認，但臉又紅了。

　　「那妳什麼時候要告白？」船老大又問。

　　「我想再過一陣子吧……咦，不對不對，我沒有要告白！」秦晶晶發現自己不小心說溜嘴，頓覺全身發熱，忍不住伸出手猛搧風。

　　「我看那小子不錯啊，他看起來很喜歡動物，對那隻黑兔子很好。」

　　「你不會覺得他帶著一隻兔子到處趴趴走很奇怪喔？」秦晶晶好奇地看著一臉平淡的船老大。

　　「靠，天底下奇怪的事情可多了，兔子算什麼？起碼是有人帶的。要是哪天兔子自己跑到岸邊說要上船看鯨魚，那才奇怪哩！」船老大說。

　　　　　*

　　在賞鯨船上待了一下午，回到民宿已是傍晚時分，天色很快暗下。

　　安佑躺在民宿的床上，也不知道躺了多久，秦晶晶來過一次，喊他吃晚飯，但他實在動不了，依舊覺得天搖地晃，彷彿人還在海上。

　　秦晶晶解釋了一堆人耳裡的三半規管是怎麼運作的，簡單來說，是他的身體好不容易才習慣了海面上的搖晃狀態，上了

陸地後腦袋還沒回過神來，因此產生身體仍在海上、不斷搖晃的錯覺。

　　安佑難受極了，躺在床上緊閉雙眼，因為只要張開眼睛，見到任何東西都覺得是在搖晃，一搖他就暈，一暈就想吐，但出海大半天，他能吐的全吐光了，連膽汁都吐了出來，再吐下去大概命就沒了。

　　真是沒用啊⋯⋯不過阿熊比他更慘。

　　平日模樣神氣的阿熊現在也只能委靡地縮在角落，眼睛閉得緊緊的，大概也和安佑一樣，還處在「陸搖」的狀態。

　　儘管知道這時候吃暈船藥也沒用，安佑還是向秦晶晶討了一顆來吃，還不忘分一點點給阿熊。

　　其實他本來不想上賞鯨船的，但實在不忍拒絕秦晶晶的邀約，加上阿熊從來沒有見過大海，很好奇，所以才──

　　「啪啦。」

　　嗯，什麼聲音？

　　「啪啦啦。」

　　像是翅膀飛撲的聲音。

　　「啪啦──」

　　安佑張開眼，只見一隻嬌小的蝙蝠落在他胸前。

　　是金黃色的蝙蝠。

　　但不是之前那一隻。

　　安佑記得阿嬤說過，這種蝙蝠只有在媽祖出巡的時候會出現，又叫媽祖蝠。

金黃色的嬌小蝙蝠在他胸前跳來跳去，同時張開翅膀不斷揮動。

快點，快點。

「我馬上就——」安佑一面說一面起身，但立刻又覺天旋地轉，只能倒回床上。

蝙蝠傳遞完訊息，飛出窗外。

安佑深吸一口氣，不行，他已經耽擱太多時間。

他奮力起身，忍住想吐的衝動，跳下床，穿上鞋子就要衝出去，但原本要伸出去開門的手卻不知怎麼晃到了門旁的茶几，握住了茶几上的花瓶。

呃……他是要開門，不是要拿花瓶啊！

安佑閉了閉眼，再張開眼，集中精神，伸手去開門。

很好，這次順利打開門了，但他才踏出一步，便「咚」的一聲撞到了門邊，差點沒把臉上的眼鏡撞歪。

可惡，好痛。

他轉過頭，見原本縮在角落的阿熊已經站了起來，卻猶豫著要不要跳過來。

好不容易，阿熊鼓起勇氣往前一跳，身子馬上一歪，滾倒在地，掙扎半天還爬不起來。

不行啊……這樣下去他們要怎麼出門，看來只有找救兵了。

*

已經睡在床上的秦晶晶先是聽到門外響起「砰」的一聲。

接著好像有人呻吟了一下。

然後那人在外頭喊她的名字：「秦晶晶！妳睡著了沒？」

是安佑！

秦晶晶連忙從床上跳了起來，一顆心怦怦跳個不停。

安佑為什麼深更半夜來找她？

「我……我還沒睡！」她對門口喊，也不知道自己在興奮什麼。

「秦晶晶，我需要妳！」

秦晶晶只覺得胸口小鹿亂撞，一股血液直衝腦門，她整張臉熱得都要冒煙了。

這這這、安佑說他需要她耶，這算是……夜襲嗎？！

不對不對，夜襲是不會敲門的，所以這是……深夜中的告白？！

糟了糟了，她現在這副模樣，頭髮亂七八糟，嘴角還有口水，身上穿的也不是性感內衣，而是舊運動衫和短褲，早知道事情會這麼有進展，她至少會挑件比較好看的衣服睡覺。

「秦晶晶，快開門！」安佑又在外頭喊了。

「那個……我……等一下！」秦晶晶翻出梳子趕緊梳了一下頭髮，又整理一下身上的衣服，就在她咬著下唇，認真考慮要不要換件衣服再去開門時，她聽到安佑又喊了：「秦晶晶！快點！要來不及了啦！」

秦晶晶羞得只想挖個地洞鑽進去，哪有人告白這麼急的

嘛！總得要給她一點時間有些心理準備啊！

而且她怎麼都沒想到，平常看起來斯斯文文甚至有些溫吞的安佑，告白時居然這麼急，大概是因為害羞吧？

她搗著嘴，偷偷開心笑了起來。

*

安佑不是很明白為何一路上秦晶晶一直板著一張臉，一句話都不說。

天色很黑，他們又不方便打擾已經熟睡的民宿主人，只好偷偷摸摸牽了輛腳踏車，秦晶晶戴著他，阿熊坐在腳踏車籃子裡，兩人一兔在漆黑的夜裡朝著一處遙遠海灘前進。

好吧，他知道半夜吵醒人家很不應該，但他也是不得已。

安佑好幾次試圖想解釋，但他才開口，秦晶晶就轉過頭狠狠瞪他一眼，識相的他只好閉嘴。

騎了好一陣子之後，秦晶晶似乎氣消了些，這才問：「我們到底要去哪裡？」

「那裡。」安佑的手繼續往前指。

「為什麼我們要去那裡？」秦晶晶又問。

「因為牠需要幫助。」安佑的語氣透露著焦急。「妳能不能再騎快點？我真的很怕來不及。」

「可是……」

「秦晶晶，拜託妳！」

她的臉又是一熱。

這可是他第一次求她。

想想以前麻煩他那麼多次，正好可以藉著這次回報吧？

而且，儘管安佑不說，但她相信安佑不會帶她去做壞事。

「好吧，那你抓穩了。」

安佑還沒聽懂「抓穩了」是什麼意思，秦晶晶已經飆起了腳踏車，時速瞬間由之前慢吞吞的二十公里飆升到六十公里，安佑只覺得身旁風景不斷迅速往後退，腳踏車碰上石塊或凹洞時彈跳的幅度也大了不少，好幾次差點把他震下車。

他很想伸手抱住秦晶晶的身體，免得真的摔下車，但手伸出去了幾次，卻都不敢放上她的腰身。

算了，他還是——

「哇——！」秦晶晶突然大叫一聲，接著腳踏車緊急煞車，安佑整個人由後撞上了她，雙手也不自覺地抱住了她。

「阿熊！」秦晶晶又叫了一聲。

腳踏車籃子裡的阿熊被緊急煞車的反彈力道震了出去，眼見就要摔到地上頭破血流，一隻手迅速伸了過來，不偏不倚地捏住了阿熊的後頸，把牠拎在了半空中。

坐在腳踏車上驚魂未定的兩人，看著道路中央突然出現的一名紅衣少女。

紅衣少女赤著一雙腳，拎著阿熊走到腳踏車前，把牠放回腳踏車籃子裡。

說也奇怪，平日總是威風十足、脾氣暴躁的阿熊，最不喜

歡被人當成可愛的小動物又拎又抱,但在紅衣少女面前,牠乖巧得不得了,簡直就像一隻真正的小兔子。

安佑在紅衣少女身上聞到一股淡淡的海水氣味。

照理說,半夜突然遇到有人出現在路中央,對方一句話都不說,身上衣物又隱隱帶著一股溼意,應該第一個聯想到的就是「見鬼了」,但他們兩人卻並不會害怕這位紅衣少女。

甚至,還覺得有些親切。

紅衣少女摸了摸黑兔子,容顏和藹。

安佑正要開口,紅衣少女卻轉過了身子,指向前方,說:「快去,要趕在日出前。」

秦晶晶看了看安佑,又看了看紅衣少女,再低頭看看腳踏車籃,裡頭的阿熊正抬起兩隻短胖的小前腳,擺出虔誠合十模樣。

秦晶晶滿臉疑惑,再抬起頭時,紅衣少女已經不見了。

　　　　*

安佑騎著腳踏車狂飆,秦晶晶坐在後頭,雙手緊緊抱著安佑,滿臉驚疑。

安佑剛剛不是還一副要死不活的樣子嗎?

怎麼一下子就恢復了正常?不,不只是正常,根本是反常,看他這副瘦弱模樣,飆起腳踏車比她剛才還猛啊!

還有阿熊,剛才還渾身軟綿綿地癱倒在腳踏車籃裡,現在

卻用兩隻後腳站得筆直，不時還回過頭對著安佑「哼哼」幾聲，再用耳朵指指前方。

「我知道，我知道，我已經盡力快了。」安佑騎得氣喘吁吁。

秦晶晶很想說不要再快啦，這輛破腳踏車再操下去，大概就要解體了，眼看越騎越往荒郊野外，要是沒了交通工具，他們要走多久才能回到民宿？

而且⋯⋯剛才那名紅衣少女，到底是人是鬼？

應該不是人吧⋯⋯秦晶晶抱著安佑的手不覺更緊了緊。

不怕，不怕，有安佑在，就算是鬼也不怕。

左邊的天空已隱隱亮起。

要日出了。

他們騎到了一座漁港，秦晶晶原本以為這兒就是目的地，但安佑依舊拼命騎著腳踏車，一點也沒有要慢下來的意思。

安佑這麼急，到底要去哪裡呢？

兩人右方忽傳來刺耳的煞車聲，她轉過頭，嚇得叫了出來，幾乎就在同一時間，他們騎著的腳踏車被撞了！

幸好只是擦撞，但兩人還是狼狼摔倒在地，腳踏車籃裡的阿熊也遭了殃，從車籃裡滾了出來。

有人從車上跳了下來，張口便罵：「靠！你們天還沒亮跑來這裡幹嘛？騎腳踏車也不注意一下，這麼橫衝直撞，急著想投胎嗎？」

這聲音好像在哪裡聽過啊⋯⋯秦晶晶一面揉揉摔疼的屁

股,一面抬頭想看看這人到底是誰?

「船老大?!」她驚呼出聲,然後忍不住埋怨:「既然天還沒亮,你為什麼不開車燈?」秦晶晶爬起來,趕緊去檢查安佑與阿熊的傷勢。

安佑沒事,只是身上多了些擦傷。

阿熊好像也沒什麼大礙,只是原本綁在牠身上的金剛砂瓶歪了,牠笨拙地用短胖的小前腳想把瓶子塞回肚子底下,弄了半天反而把綁著金剛砂瓶的黑繩給弄斷了,牠正氣得跳腳,安佑一把撈起牠,然後衝向船老大的貨車。

「喂!你幹嘛上我的車?」船老大連忙也跳上車,護住方向盤。

「快帶我們過去!」不請自來的安佑指著前方催促。

「去哪裡?」船老大莫名其妙。

「快點!沒有時間了!」

阿熊也在猛跺腳,不斷催促。

「為什麼會沒有時間?」船老大仍一頭霧水。

這時秦晶晶也湊了過來,自己爬上車,說:「你就快帶他去吧!」

「那裡什麼都沒有,只有一大片淺灘而已。」船老大說。

這兩個年輕人是不是半夜約會不睡覺,腦袋壞掉了?

「對!就是那裡!快點!」安佑不斷催促。

但船老大仍不為所動,眼尖的安佑見到他脖子上以紅色絲線掛著一枚銅錢,情急之下,他一把抓住那枚銅錢,對船老大說:

「你答應過媽祖婆的！」

船老大瞬間瞪大了眼，直直望著安佑，愣了兩秒鐘後才說：「你……」

「拜託你！」安佑說。

船老大張了張嘴像是想說什麼，然後拍掉安佑的手，發動貨車。

「你們兩個給我坐穩了。」話還沒說完，車子已經衝了出去。

「那個……你要不要開一下車燈？」仍心有餘悸的秦晶晶忍不住提醒。

「天都要亮了，還開什麼車燈？」船老大哼了一聲，心裡卻是驚疑不定。

這個年輕人怎麼會知道的？

*

東方的天空已經亮了起來。

他們抵達那片淺灘時，見到了一隻被漁網纏身的白色海豚擱淺在沙灘上。

海豚已經沒有了氣息。

安佑跪在白色海豚身旁，儘管早知如此，但親眼見到，還是好心痛。

秦晶晶見到這景象，先是訝異地摀住了嘴，然後眼眶就紅

了起來。

原來是因為這樣才這麼急著要趕過來嗎？

都是她不好，還拖拖拉拉地弄了那麼久才出門，一路上還鬧脾氣……

船老大已經從車上抓下一個水桶，跑到海邊去舀滿海水，再跑回海豚身旁，溫柔又緩慢地將海水輕輕傾倒在海豚不再有光澤的皮膚上。

他們兩人都沒注意到，船老大的眼裡有著隱隱淚光。

船老大見到白海豚傷痕累累的魚尾時，更是雙手發顫，差點拿不穩水桶，但他咬牙忍住激動情緒，又急忙跑回海邊去舀海水。他聽人說過，遇到海豚或鯨魚擱淺時，一定要讓牠們的皮膚保持溼度，不斷澆灌海水，降低體溫。

即使白海豚已經沒了氣息，他仍沒停手，盼望能有奇蹟出現。

安佑突然站了起來，衝向船老大的貨車，在車子裡頭東翻西找，不知道在找什麼？

船老大也跟著跑了過來，問：「你在找什麼？」

「刀。」

船老大臉色一變，立刻說：「我沒這種東西！」

「刀在哪裡？」安佑轉過頭問他。

「⋯⋯」

「你一定有的！快點，時間緊急！」

混過多年江湖的船老大，被比自己小上十幾歲的安佑這麼

一命令，不知為何，居然真的從座椅底下摸出一把刀，他本想解釋，但安佑已經搶了過去，又衝回海豚身旁。

「安佑？！」秦晶晶吃驚地望著手拿刀的安佑。

安佑想做什麼？

吃生魚片？不不不，先不說安佑本身吃素，他怎麼可能對動物做出這種事情？絕對不可能──

安佑的手在劇烈顫抖著……他做不到……他實在是……

他轉頭對秦晶晶說：「妳來動手。」

「我？！」秦晶晶指著自己的鼻子，下巴都要掉了下來。

動手做什麼？幫他切生魚片嗎？

「妳不是獸醫系的嗎？應該有外科手術的經驗吧？」安佑說。

秦晶晶連忙搖手，說：「那也是好幾個人一起動刀的，我、我不行──」

「你們兩個想做什麼？！」船老大見到這兩個人拿著刀在白海豚前推來推去，連忙扔下水桶奔了過來。

「靠，要是你們敢在牠身上劃一刀，我就把你們大卸八塊，扔到鐵桶裡灌上水泥，再丟進海裡！」一不小心就把以前習慣掛在嘴上的威脅喊了出來。

「那你來動手！」安佑把刀遞給他。

船老大正想接過刀再痛扁這兩個年輕人一頓，安佑大聲說：「牠肚子裡還有孩子！」

秦晶晶倒抽了一口氣。

「快點！孩子還有救！」安佑說。

船老大僅僅只是遲疑了一秒，便一把搶過刀，跪在海豚身邊，一隻手顫抖地摸了摸海豚的身子，深呼吸一口，另外一隻手舉起刀，割開了海豚的下腹部。

「小心點，別傷了寶寶。」秦晶晶擔心地說。

尚溫暖的血液湧了出來，船老大粗糙的手抹去那些血液，一隻小巧的魚尾巴便露了出來。

他小心翼翼地沿著那條小小的魚尾巴繼續往上割開雌海豚的腹部，更多的鮮血湧出，在鮮紅血液與肌肉組織底下的，是一隻黑色的幼小海豚。

「還、還有臍帶，要割斷……」見到這小小生命而激動落淚的秦晶晶，跪在了雌海豚身邊。「喔，不對，應該是要扯斷。教授說過，海豚在海裡出生時臍帶便被扯斷了……」

安佑看著這兩人小心翼翼地處理小海豚的臍帶，雌海豚的靈魂也在一旁緊張地看著。

靈魂……對了，阿熊呢？剛剛一陣兵荒馬亂，他居然完全把阿熊給忘了。

他轉過身，想趕緊回車上找阿熊，卻見到離車子不遠處有一個小沙坑，一雙黑色的兔耳朵正在洞口邊不斷冒出又消失。

他奔了過去，從沙坑裡挖出不小心掉進去的阿熊，滿是歉意。

阿熊不斷抖著身體，想把身上的沙子抖掉，暫時連氣也懶得生了。

安佑正想去取阿熊咬在嘴上的金剛砂，為雌海豚超度時，一隻手突然伸了過來，按住他的手。

　　安佑抬起頭，看見那名紅衣少女不知什麼時候又出現在他面前。

　　容顏慈藹的紅衣少女，對他輕輕點頭，說：「我親自帶牠走。」

　　紅衣少女走向跪在雌海豚身旁的那兩人。

　　船老大手裡抱著幼小的黑色海豚，滿臉是淚。

　　靠，當年差點被人砍死、老婆跑掉，他一滴淚都沒掉，現在卻和他旁邊的小女生一起哭得稀哩嘩啦，丟臉死了。

　　雌海豚的身軀已變得冰涼，而剛出生的小海豚無聲無息，不知道到底是生是死。

　　一隻手溫柔撫上船老大抖動不停的肩頭，男人滿臉鼻涕淚水地抬起頭，看見一個慈眉善目的紅衣少女，正對著他微笑。

　　這少女的臉蛋好面熟，彷彿在哪裡見過。

　　記憶裡浮現了一張在香煙裊繞後的慈祥面容。

　　「你做得很好。」紅衣少女說。

　　他認出了這張面孔，雙眼緩緩睜大，同時停止了哭泣。

　　「不愧是我的乾兒子。」紅衣少女露出微笑。

　　紅衣少女伸出雙手，從男人手裡接過那隻幼小的海豚，原本無聲無息的小海豚，突然發出細微的一聲「呀哈」，張開了小小的眼。

　　劫數天定，但雌海豚曾救過人，她終是不忍，讓牠腹中孩

子能夠活下。

　　船老大眼淚再度潰堤，淚水流得比一旁的秦晶晶還要洶湧。

　　「我帶牠走啦。」紅衣少女對兩人點點頭，然後轉頭對安佑與阿熊說：「不過，這小傢伙就拜託你們了。」

　　她微微抬手，一隻夾雜著白色斑點的棕色鴿子從她身後飛出，輕輕落在兩人面前，緊接著一股灰色的旋風襲來，捲起一片風沙。

　　安佑與阿熊都瞪大了眼。

　　紅衣少女看了阿熊一眼，說：「你可以搞定的，對不對？」

　　阿熊用後腳站起身，挺起小小的胸膛，用力點頭。

　　紅衣少女笑了笑，轉身赤足踏著潔白浪花而去，海風吹起她紅色的衣襬。

　　前方的大海裡，三、五隻白色的海豚在清晨曙光中從海裡躍起。

　　「是牠的同伴！」秦晶晶喊了出來，指著紅衣少女離去的方向。

　　船老大淚眼模糊，朝著旭日初昇的大海，恭敬膜拜。

　　合十的手掌中夾著那枚以紅絲線串起的銅錢。

　　遠處有模糊的人聲傳來。

　　「是媽祖魚……」

　　他們循聲回頭，只見遙遠的岸邊出現了一條望不見盡頭的長長人龍隊伍。

　　「媽祖魚出現了！是吉兆啊！」

「媽祖保佑！」

「媽祖婆顯靈……」

一頂神轎赫然出現在人龍中，人群中不斷有人朝著海邊指指點點，發出興奮的呼喊。

聖母出巡。

媽祖繞境，四方民眾虔誠相迎，鳥獸蟲魚競相伴隨。

八天七夜，聽盡人間疾苦，救助苦難眾生。

再轉過頭，已不見紅衣少女的蹤影。

而在大海中央，那些跳躍起來的白色海豚身影中間，似乎有著一隻黑色的小不點，跟著成年的同伴一起歡欣迎接媽祖的到來。

*

教授一大清早就興奮地拉著睡眠不足的秦晶晶準備出海。

列為保育動物的中華白海豚[5]居然出現了，這實在是千載難逢的好機會，說什麼也要趕快搭船出海，看看有沒有機會能親眼見到。

安佑與阿熊因為會暈船，所以這次沒有跟著一起上船。

5　中華白海豚因出沒時間多在媽祖誕辰進香期間，因此又被民間稱為「媽祖魚」或「媽祖使者」，被視為吉兆。

他們到了漁港，看見幾名漁夫在碼頭氣急敗壞地跳腳，大罵不知是誰那麼沒良心，這幾天居然陸續把所有捕魚船的拖網都割斷了！

教授一面上賞鯨船一面悄聲說：「是故意的。」

「咦？」秦晶晶問。

「割斷拖網。好些漁民常常違規用拖網，那種網很容易纏住海豚的頭部和尾部，造成傷害。所以有些比較激進的保育人士就會用這種手段，雖然破壞人家東西不對，但——」教授沒有把話說完，但秦晶晶懂。

秦晶晶上了船，和正走進船艙的船老大心照不宣地互望一眼。

船開出碼頭後，她偷偷跑進船艙向船老大道謝。

雙眼明顯還有些紅腫的船老大只是哼了一聲。

秦晶晶正想轉身離開，船老大突然開口：「我以前在海上討生活，有一次運送貨物時，遇到了臨檢。」

秦晶晶眨眨眼。送貨時遇到臨檢？那不就是走私嗎？

「我們手忙腳亂要藏起貨物，本想把東西扔進魚網裡先藏在海底，等臨檢過了再撈上來。沒想到一隻白海豚尾巴被魚網纏住了，牠不斷掙扎，尾巴上都是傷口，流了很多血。要是救海豚，就沒時間藏貨物了，可是不救，牠又好像在哭，可憐兮兮地望著我。後來我心一橫，貨物直接全部扔海裡，臨檢的巡防警員一靠近，就看到我在割網救海豚，還很熱心地來幫忙。」船老大說完自己笑了起來。

161

這還是秦晶晶第一次見到他笑耶。

「後來呢？」她忍不住問。

「後來？」船老大臉一沈，嘖了一聲，不說話了。

後來那筆貨當然撈不上來，他損失了一大筆錢，免費做了兩年白工之後才還清。

他才不要把這麼丟臉的事情告訴這個小女生。

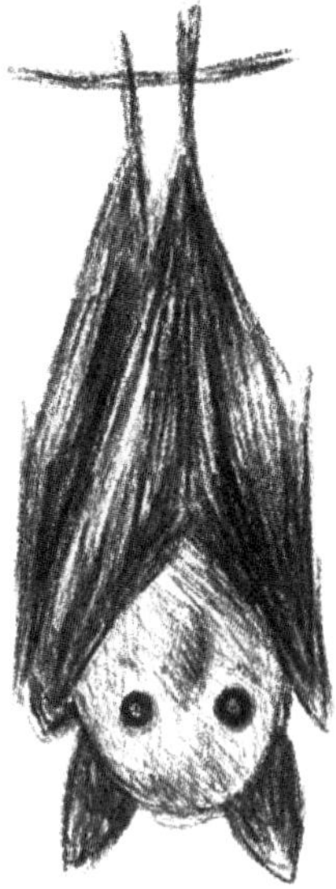

之七。思鄉。

之七、思鄉

連續下了幾日雨，終於放晴，太陽剛升起不久，就陸陸續續有外傭推著坐在輪椅上的老人家們，聚集在公園裡。

「爺爺，來。」麗莎在老人瘦巴巴的手心裡放了一把鳥食，然後轉身與同鄉姐妹開心聊起天。

老人低頭看著掌心，然後慢慢地拿起幾粒鳥食灑在地上，很快就有一兩隻膽大的鴿子飛了過來啄食。

漸漸地，鴿子越聚越多，老人還是慢吞吞地一次只扔幾粒鳥食，有隻鴿子等不及了，竟直接飛上了老人掌心，大快朵頤。

老人沒有驅趕，他看著那隻鴿子，早已掉光牙的嘴微微彎起。

「爺爺，我們回去了喔！」聊完天的麗莎起身，推起輪椅。

「班仔呢？」老人問麗莎。

「就要回來啦。」麗莎說。

「班仔怎麼還不回來？」

「你兒子說禮拜六會回來啦。」麗莎說。

這樣啊。

「那今天禮拜幾？」老人問。

「今天禮拜一。」不管今天星期幾，麗莎總是這麼回答。

老人抬頭望向蔚藍天空，一臉期待。

　　好擠。

　　好熱。

　　到處都是同伴驚慌的聲音，這裡到底是哪裡？

　　一波又一波的起伏，濃濃的柴油氣味。

　　越來越熱了，到最後熱得無法忍受，同伴們紛紛叫喊，但根本出不去，只能眼睜睜地看著高熱的火焰朝自己襲來，最後——

　　「噗！」

　　安佑胸口一痛，馬上驚醒，然後看見阿熊站在他胸前，一臉擔憂。

　　「阿熊……說過多少次了，不要這樣叫醒我。」安佑邊說邊撫著胸口。

　　他在床上坐起身，這才驚覺自己不知何時流了滿身汗，甚至，不知是不是因為入夢太深，仍舊能聞到燒焦味。

　　太可怕了。

　　那不是夢，是真實發生的事。

　　他看了一眼阿熊，明白牠是知道他做惡夢了，才急著喚醒他。

　　不過他可不想謝謝阿熊，每次都這樣粗暴叫醒他，很容易內傷啊。

反正也睡不著了，他翻身下床，拿過手機，開始搜尋。

火災。

鴿子。

很快，搜尋結果上就出現一整排相關新聞。

安佑閱讀著每一條新聞，越看一顆心就越沈。

阿熊也來湊熱鬧，一顆兔子頭硬要擠在手機前，安佑輕輕拉開牠，說：「這次恐怕不好處理。」

不過，如果能處理好，可是能大大增加阿熊的「業績」。

他們仍在民宿，安佑抱著阿熊走出房間，外頭一片漆黑，寂靜無聲。

太安靜了。

平日裡總有的蟲鳴，彷彿被什麼可怕的東西嚇到，一聲不吭。

安佑朝著大海的方向望去，得盡快處理才行，不然拖久了，恐怕會危及其他無辜生靈。

*

清晨吃完早餐後，他與秦晶晶道別。

安佑說，他得帶著阿熊去別的地方辦事，秦晶晶很想跟著去，但不知為何她一早就覺得頭很痛，甚至痛到想吐，安佑明白原因卻不便說明，只告訴她，離開這裡後，一切都會好轉。

秦晶晶點點頭，伸手摸摸阿熊的頭說再見，然後愣住。

她把手縮回來,過了幾秒,又放在阿熊頭上。

　　她看看安佑,又看看阿熊,忽伸手把阿熊抱到自己懷裡,幾秒後,她像發現新大陸一樣,興奮地對安佑說:「我的頭不痛了耶!」

　　不只頭不痛了,從昨晚就感覺到的那種沈悶壓迫感也消失了。

　　太神奇了!

　　安佑很想把阿熊抱回來,但秦晶晶說什麼都不願放手,執意要跟著他們,理由是:「一定是和動物有關的事情吧!說不定我能幫上忙!」

　　安佑無奈。

　　原以為阿熊也很無奈,但只見牠舒舒服服地窩在秦晶晶的胸前,似乎並不反對。

　　安佑只好答應。

　　　　　　　　＊

　　「放鴿船?」船老大瞇起眼看著安佑。「你問這個做什麼?你玩賽鴿?」

　　安佑搖搖頭,又問:「是不是曾有一艘放鴿船在海上失火過?」

　　船老大盯著安佑整整三秒鐘,才緩緩點頭。

　　火燒放鴿船這件事雖然上過新聞,但僅僅只報導了一天,

除了賽鴿界人士，後續發展沒什麼人關心，連起火原因也不清楚就草草結案。

賽鴿原本都在陸地放飛，但擄鴿勒索集團越來越猖狂，即使有法可管，由於賽鴿仍處於法律邊緣地帶，多數鴿主礙於涉及賭博行為而不願報案，之後鴿會才開始租用貨輪，改由海上放鴿進行訓練與比賽。

船老大跑船多年，自然耳聞過這件新聞，而且不只一個版本。

有人說是某個擄鴿集團偷偷摸上船故意縱火洩憤。

有人說是因為不同鴿會之間的競爭，畢竟，賽鴿彩金動輒上億，誰都想分一杯羹，原本只是想動點手腳，讓船無法準時出航，沒想到釀出大禍。

有人說，純粹就是意外，那些鴿主真是倒霉，好不容易培養出來的賽鴿就這樣沒了。

所有版本唯一相同的，就是還未放出籠的賽鴿們無一倖免，全數燒死，慘不忍睹。

「即使不燒死，多半也會溺死。」船老大語氣沈重。

就算天候不佳，放鴿船一樣會出海行駛放鴿，許多鴿子放出籠後無法辨識方向，便會一直繞著船隻盤旋，直到力盡落海，放鴿船回岸沿途往往漂浮著數不清的鴿屍，即使真的成功飛回陸地，若未在規定時間裡到達，一樣是失敗者。由於每隻鴿子一生只能比賽一次，對於這些失敗者，運氣好的，會被放生，運氣不好，就是安樂死，最慘的是直接被折斷脖子，低價賣給

工廠或餐廳加菜。

　　船老大親眼見過海面漂浮著鴿屍的景象，至今難忘，所以即使在他剛開始正經跑船時，生意不好，有人私底下問他要不要跑幾趟放鴿船，他仍一口回絕。

　　能成功飛回陸地的鴿子，寥寥可數，為什麼會有人這麼執著於用這些動物的生命來賭博呢？

　　「你們可以去問問負責的鴿會。」船老大最後這麼建議。

　　不過，即使問到了真相又如何？

　　賽鴿不會就此停止，那些無辜的生命仍會繼續被消耗。

　　離去時，安佑見船老大欲言又止，接著他感應到什麼，轉頭望向遙遠的防風林。

　　安佑特地放慢腳步，待秦晶晶抱著阿熊走了一段距離後，船老大果然開口：「那個⋯⋯」

　　安佑轉過頭，低聲說：「我知道，你把牠們從海上撈起，帶回陸地後火化安葬，農曆七月還會特地出海祭拜亡魂。」頓了頓，又說：「班仔說，謝謝你。」說完他便快步趕上秦晶晶。

　　船老大瞪大了眼，愣愣站在原地。

　　良久，回過神後，心裡陡然冒出疑問：那個⋯⋯班仔是誰？

　　　　　＊

　　賽鴿產業由於遊走法律邊緣，因此相當排外，訊息也相對封閉，即使安佑來到了當年負責的鴿會，才剛開口說明來意就

被趕出門外。

正當安佑煩惱著該怎麼辦時，秦晶晶拿起手機開始撥號，說：「看來，只有出動鳥霸學長了！」

這名號聽起來就很威。

事實上也名不虛傳。

看著那個右眼下有道怵目驚心的傷疤，而且身高絕對超過一百九十公分的壯碩男人從貨車上走下，安佑本能地拉著秦晶晶往後退了三步。

鳥霸學長不多話，聽秦晶晶說完前因後果，二話不說，直接打開鴿會的門，然後關上。只聽見門後傳來爭吵聲，接著聲音越來越小，沒多久，門一開，鳥霸學長像拎小雞一樣，單手輕鬆地提著負責人的後衣領走出來。

「說。」鳥霸學長聲音不大，卻不怒自威。

鴿會負責人名叫阿暉，很用力地吞了口口水，才對安佑說：「是⋯⋯是阿宏啦！」

「阿宏是誰？」安佑問。

「就是個白癡——」衣領猛然一緊，阿暉差點說不出話，趕緊改口：「是個精神有點不正常的傢伙啦！那天他不知道發什麼神經，偷偷摸摸上了那艘船，然後放火，阿宏自己也燒傷了⋯⋯我們看他可憐，也就沒計較，反正——」阿暉猛地住口，接著任憑鳥霸學長怎麼用力扯他衣領，都堅決說這就是事實。

安佑只是看著阿暉，沒有說話。

「現在怎麼辦？」秦晶晶遲疑地問安佑。

「那你帶我們去找阿宏。」安佑對阿暉說。

不等阿暉回答，鳥霸學長已經把他扔進貨車裡，安佑與抱著阿熊的秦晶晶也趕忙上了車。

貨車啟動。

只見阿暉的臉色越來越蒼白，額頭上甚至開始冒出冷汗。

他感覺很不舒服，頭也很痛，甚至痛到好像出現了幻聽。

沈悶的空氣中似有人在細語，又像是某種如呢喃般的細微低鳴……

而幾乎要擠滿整個駕駛座位的鳥霸學長卻是面無表情，秦晶晶還沒有察覺，安佑與阿熊倒是好奇地直盯著鳥霸學長瞧——他為何一點反應都沒有？

貨車駛入深山，安佑很清楚，「牠們」一直跟著。

山路有些崎嶇，在一處岔口時，阿暉說要右轉，安佑卻突然開口：「左轉。」

阿暉一臉驚詫，還沒來得及反應，車頭已經駛往左。

阿暉頓時感到連背上都冒出了冷汗。

這些人怎麼會知道？

天色漸漸暗下，卻不是因為日落，而是不知從何時起，陽光已消失，四周只剩下沈悶的灰，而且顏色越來越深、越來越深，鳥霸學長不得不開啟車燈，才能看清前方道路。

秦晶晶有些害怕，更加抱緊了阿熊。

安佑想讓她分散注意力，便問她：「為什麼叫他鳥霸學長？」

秦晶晶說：「因為他很懂鳥，而且專攻鳥類疾病，他現在在野生動物保育中心當鳥病獸醫，不過他在系上唸書時就非常有名，聽說是當完兵才來念書的，很多人一開始都覺得他很可怕，不敢惹他，但他其實很好，而且不止是鳥，他也很關心其他動物。有時候一些動保志工搞不定難纏的飼主，也會請他一起去處理，那些原本盛氣凌人的飼主見了他，全都乖乖聽話，一句話都不敢說，聽說有一次颱風來的時候──」提起鳥霸學長就有說不完的事蹟，秦晶晶成功被轉移注意力，滔滔不絕說個不停。

　　這下安佑總算知道，為何「牠們」不會影響到鳥霸學長。

　　貨車忽然停下。

　　原來是前方已經完全沒有車子能走的道路了，但在比人高的草叢堆裡，還是隱約能見到一條被走出來的小徑。

　　鳥霸學長率先開門下車，安佑與秦晶晶也跟著下車。

　　阿暉卻沒有動靜。

　　鳥霸學長把他拖下車，只見他已口吐白沫，竟是暈了過去。

　　秦晶晶瞪大了眼，猛地緊抱阿熊，阿熊差點喘不過氣。

　　如果沒有阿熊，此刻她應該也會是這副模樣吧？

　　「現在？」鳥霸學長問。

　　「繼續走。」安佑指向那條小徑。

　　鳥霸學長點點頭，又指指阿暉，然後看向安佑。

　　「不用理會他。」安佑說。

　　鳥霸學長再度點點頭，轉身率先走入小徑，安佑也跟了上

去,秦晶晶猶豫了一會兒,也抱著阿熊跟上,還主動牽起安佑的手。

不是她不懂矜持,實在是她太害怕了。

走了一小段路後,人高馬大的鳥霸學長一眼就看見了那些東西。

一個又一個矗立在草叢裡的巨大捕鴿網。

他上前就開始拆起那些捕鴿網,好些網子上已經纏住了鴿子,他拆捕鴿網的動作粗暴如同洩憤,但替那些鴿子解圍時動作卻輕柔無比,當他發現大多數的鴿子都因為掙扎而折翼甚至斷腳時,臉色變得十分難看,粗碩的大手猛地握緊,再鬆開,再握緊,再鬆開,看得出來他正在努力控制情緒。

「喂!你在幹什麼?給我住手——」不遠處傳來人聲,架網的擄鴿人見有人破壞自己的生財工具,氣急敗壞地上前想阻止。

鳥霸學長正要揮起拳頭,幾乎就在同時,一陣莫名狂風吹起,草叢樹枝間響起異常尖銳刺耳的摩擦聲,緊接著一團黑霧追隨狂風而來,夾雜著震耳欲聾的撲翅聲,秦晶晶差點就要喊出聲,安佑趕忙按住她的嘴。

「別出聲。」安佑警告。

秦晶晶深吸一口氣,讓自己鎮定下來,然後兩人緩緩退到鳥霸學長身邊,看著那團黑霧迅速席捲趕來的擄鴿人。

終於找到了!

黑霧化為無數隻渾身漆黑且帶著焦臭的鴿子,牠們發了瘋

似地攻擊擄鴿人,那人嚇壞了,他從未見過這麼多鴿子,而且每隻鴿子都瞪著一雙血紅的眼在狠狠啄咬他的身軀,那股強烈的怨恨讓旁觀的三人看了都不寒而慄。

「啊——」擄鴿人發出一聲慘叫,用手摀住眼。

鴿子啄瞎了他的一隻眼。

「安佑!」秦晶晶抱著安佑,話聲顫抖地問:「我們……就這樣旁觀嗎?」

鳥霸學長一語不發。

動物從來不會主動傷害人類,都是因為被人類傷害過,才會主動攻擊。

牠們是來復仇的。

「當然不行。」安佑從秦晶晶懷裡抱過阿熊,她立刻頭痛欲裂,甚至身體開始微微抽搐。

「她就拜託你了。」安佑把秦晶晶推到鳥霸學長面前。

時間不多,他得動作快。

不能讓這群怨靈奪走人命,儘管擄鴿人實在可惡,但身為動物卻殺害人類,畢竟違反天倫,牠們將永世不得超生,即使留在人世,也終將成為邪祟,禍害其他生靈。

他取下阿熊一直掛在身上的金剛砂瓶,迅速打開倒出,金剛砂不僅能超度亡魂,更是驅逐邪祟的法器,能夠斬斷邪靈與世間的羈絆。

那些怨靈察覺到了他的意圖,分出一股黑霧開始攻擊安佑。

「阿熊!」安佑將阿熊用力往前一扔,那小小的黑色身軀

落地後,再度現身時,竟是一隻壯碩的黑熊,黑色的胸前有著一道明顯的白色V字形。

安佑朝阿熊身後灑出一道金剛砂,細碎砂粒在阿熊身後猛然爆開,瞬間化為無數細小金色光點飛散,那些充滿怨恨的鴿魂一觸碰到光點,便羽毛脫落,緊接著起火燃燒,阿熊衝向已倒在地上無聲息的擄鴿人,金剛砂霧如影隨形,所到之處怨靈無不尖聲嘶叫。

安佑雙手合十,口中不斷大聲誦念超度經文。

但凝聚許久不散的怨念怎願就此收手?

從出生後就被不斷強制訓練,年紀尚幼就被送去參加競賽,幾乎都是有去無回,溺死在海上,累死在途中,被擄鴿人攔截而受傷致死,甚至被烈火焚燒而死。

這就是牠們的一生。

執著的冤魂即使觸碰到金剛砂便烈焰焚身,也如同飛蛾撲火,不斷前仆後繼。

這是多麼深重的怨念。

黑熊矗立在擄鴿人身邊,仰頭朝著漫天黑霧吼叫,聲音低沈如同犬吠。

忽然,所有攻擊瞬間停止,黑熊左右張望,然後回頭看向安佑。

就在安佑鬆了口氣時,黑霧面積猛然暴漲,更加猛烈地攻擊黑熊與地上早已傷痕累累的擄鴿人,安佑大喊不妙,正要衝上前,鳥霸學長動作更快,一把將秦晶晶往他身上扔,同時衝

了出去。

安佑趕緊抱住秦晶晶,兩人狠狠摔倒在地,她雙眼翻白,已然暈死過去。

「住手!」鳥霸學長眼裡只見到一隻小小的黑兔擋在擄鴿人面前,不斷被鴿群攻擊,他生平最痛恨弱小動物被欺凌,衝過去一把抱住黑兔護在自己懷裡,那群怨靈見狀想要繼續攻擊,但一隻活生生的鴿子忽闖了過來,接著一隻、兩隻,許許多多散落在山林的流浪鴿,甚至其他鳥類,紛紛現身,彷彿這座深山裡所有的鳥類都聚集在了這裡。

接著有個人影出現在草叢裡,當那人見到這不可思議的漫天黑霧,忽雙腿一軟,跪倒在地,放聲大哭。

說也奇怪,當哭聲響起,黑霧的進攻便猛地停頓,接著朝那人湧去。

安佑心中大叫不妙,以為怨靈又要攻擊人,誰知黑霧只是圍住了那人,久久沒有動作,接著只見黑霧的顏色開始慢慢變淡,慢慢變淡,轉為深濃的灰色。

別……別哭……

不是……你的錯……

一隻鴿魂自灰霧中脫出,停在那人因為哭泣而劇烈聳動的肩膀上。

一隻又一隻的鴿魂自灰霧中脫出,灰霧的顏色越來越淡,聚集的怨念迅速消散,因為牠們見到了他。

那是牠們在這個世界上,最後體驗到的一點善意。

安佑上前，灑出一把金剛砂，無數金色光點漂浮在空中，這一次，觸碰到光點的鴿魂不再烈焰焚身，化為焦黑，而是形體消散，成為光點的一部分，於是金色光點的範圍越來越大、越來越大，直至完全籠罩住跪地痛哭的那人。

再見……

一陣風輕柔撫過，像是要撫平所有那些傷痛與怨恨，那些光點慢慢散去，最終消失在風裡。

牠們終於離開了。

安佑走到痛哭的男人身旁，輕輕拍著他的肩膀。

他注意到男人的臉上有著明顯的燒傷痕跡。

　　　　　＊

鳥霸學長把混身血污的擄鴿人扔在阿暉面前，已甦醒的阿暉嚇得立刻全部都招了。

原來阿暉與擄鴿集團勾結，兩手收錢，一頭向賽鴿主收取經費，另一頭又將陸地上的賽鴿路徑透露給擄鴿人，賺點外快。若擄鴿人向鴿主勒索成功，也會給他一點分紅。

那次的火燒船事件，源自於一名多次被擄鴿人勒索的賽鴿主，實在受不了一次次被勒索，最後索性報警，擄鴿人為了報復，買通船長，假冒船員上船，原本只是想放點小火嚇唬鴿主，沒想到一發不可收拾，最後只能跟著船長和其他船員跳船逃生，根本不顧火勢與那些賽鴿死活。

阿暉說：「我們也不知道阿宏是怎麼上船的？總之，救援隊趕到時，海面上除了船長與船員，阿宏居然也在，手上還抱著一隻燒得半死的鴿子，他自己也被燒傷了。」

船長怕被定罪，和擄鴿人串通好，一口咬定放火的就是阿宏，儘管阿宏一直說自己沒有放火，但問起他為何會在放鴿船上，他只是不斷說鴿子好可憐好可憐，他想放走這些鴿子，警方也想早點結案，便將這起火燒船事故定案為意外，認定是阿宏想要放走這些鴿子時意外引起火災，進而釀成大禍。

阿宏就這樣莫名揹了黑鍋，有輕微智能障礙的他無法為自己辯解，甚至差點因此坐牢，就在阿宏家人煩惱不已時，阿暉假裝好心勸那些鴿主收錢了事，不要計較，畢竟只是鴿子沒了，再生再養就有了，讓阿宏多賠點錢也就是了。

於是阿宏的老母親賣掉了一塊地，湊足賠償金額，交給阿暉。

當然，阿暉不是白當好人，這筆金額再轉交到鴿主手上時，已不是原來數目，船長也分了一杯羹。

鳥霸學長開著貨車，載著一夥人一路開下山，直接來到警察局前，把阿暉與不知生死的擄鴿人扔在門口。

「告訴警察實話，把錢都吐出來！不然，我可不保證你的眼睛還留不留得住？」鳥霸學長說完，指指一旁滿臉是血的擄鴿人，只見他雙眼凹陷，兩顆眼珠已然不見。

阿暉臉色發白，不斷用力點頭。

貨車揚長而去，阿暉這才發現自己雙膝抖個不停。

「這是怎麼回事？」值班的警察走出門，見到眼前景象，一臉驚訝。

阿暉神情緊張地左右張望了下，正想著該怎麼開脫，一群鴿子飛了過來，停在警局前的行道樹上，發出「咕咕」的叫聲。

接著鴿子越聚越多，每一隻鴿子的眼睛都在盯著阿暉。

阿暉只覺背脊發涼。

「我……我……」

一隻鴿子忽朝他俯衝而來，直直對準了他的右眼！

他嚇得驚慌大叫，緊接著更多鴿子朝他飛來，他連滾帶爬地躲進警局，連聲喊著：「我要自首！我要自首！」

*

那是一座位於田邊的老農舍，紅瓦白牆，憂心的老母親一直站在門口張望，等待入夜後仍遲遲未歸的小兒子，當她終於見到阿宏平安從貨車上下來時，不停對安佑一行人道謝。

阿宏出生沒多久，就被發現智能不足，她總覺愧疚，從小悉心照護，幸好，阿宏的幾個哥哥姊姊都很爭氣，離開家鄉發展都頗有成就，他們資助家裡，同時答應老母親，日後就算她走了，也會妥善照顧這個最小的弟弟。

得知賣地的錢可以拿回來，她只是淡淡一笑，說：「能用錢解決的都是小事。」

那場騷亂平息後，阿熊被發現倒在地上，儘管還有呼吸，

卻是怎麼喊都沒有反應,秦晶晶十分憂心,一路抱著牠不願放手,一直催著安佑趕快離開這裡,找家動物醫院看看阿熊到底怎麼了?

阿宏匆匆跑進屋裡,沒多久又跑出來,手裡拿著一根新鮮玉米,說:「熊熊愛吃玉米。」

秦晶晶正想說阿熊都昏迷不醒了,怎麼還會吃玉米?誰知阿熊的耳朵居然動了動。

「熊熊在生氣啦,牠沒事。」阿宏露出憨厚笑容,然後從秦晶晶手裡搶過阿熊,放在地上。

秦晶晶喊了一聲,正想阻止,下一秒就看見阿熊好端端地站在地上,兩隻長長的耳朵立得高高的,不斷猛跺後腳。

「好好好,我知道,可是這也沒辦法……」安佑試圖安撫氣呼呼的阿熊。

好不容易可以達到「業績」,說不定還能直接超標的機會,就這樣沒了。

阿宏把玉米遞到阿熊面前,阿熊本想轉頭不理,但還是抵不住誘惑,一口用力咬住玉米,直接開吃!

「還有一隻。」阿宏說。

安佑點點頭。

「但現在天黑了。」阿宏又說。

安佑點點頭,然後說:「那我們明天再來。」

烏霸學長和秦晶晶在旁看得一臉困惑,完全不懂這兩人在說什麼。

而且……秦晶晶忽然想到，這一路上她好像沒聽阿宏問過阿熊的名字耶。

　　鳥霸學長開著貨車要帶安佑與秦晶晶離開前，阿宏趴在車窗上，對他說：「你明天也要來喔。」

　　鳥霸學長：「？」

　　「因為鳥都很喜歡你。」阿宏說。

　　漆黑的山林裡傳來一聲鳥鳴，阿宏與鳥霸學長同時抬起頭。

　　「領角鴞。」阿宏準確無誤地說出鳥名，又說：「現在天黑，牠看得到。」

　　鳥霸學長眼裡露出驚嘆。

　　接下來，阿宏說的另一句話，讓他眼裡的驚嘆變成驚訝。

　　「牠知道你不是故意弄破牠的蛋。」

　　過了好幾秒，鳥霸學長才遲疑地問：「……你說誰？」

　　「小綠啊。」阿宏說。

　　鳥霸學長震驚到久久無法言語。

　　阿宏怎麼可能會知道？！

　　　　　　　＊

　　隔天一早，他們再次來到阿宏家，昨夜天色暗，什麼都看不清，今早在明媚陽光下，他們才發現老屋後方是一大片空地，上頭蓋了許多鳥舍，裡頭全是阿宏救下來的迷途賽鴿或受傷無法在野外生活的流浪鴿。

儘管折翼、斷尾、瘸腿，再也無法長途飛翔，但阿宏一出現，牠們仍開心地發出「咕咕」聲迎接，鳥舍門打開後，還能夠勉強飛翔的，歪歪扭扭地飛出來，其餘的便溫順地讓阿宏一隻隻抱出，放在地上活動活動。

鳥霸學長主動上前幫忙打開鳥舍門，讓鴿子們一隻隻出來透氣運動。

阿宏灑出鳥食，鴿子們開始進食，附近的流浪鴿也抓準這個時間點過來覓食，只是牠們很有規矩，不會搶食，等阿宏的鴿子吃得差不多了之後，才會飛下來吃。

阿宏與鳥霸學長忙完後，坐在一旁，不知在聊著什麼，兩人身邊的鴿子越聚越多，還有好些飛到他們身上，一隻特別大膽的鴿子甚至飛到了鳥霸學長頭上，還咬掉他幾根頭髮，鳥霸學長只是伸手抓抓頭。

一隻鴿子吃飽了，搖搖晃晃朝阿宏走來，牠的兩邊翅膀所剩無幾且滿是焦黑痕跡，阿宏伸出手將牠輕輕撈起，抱在懷裡。

「養這麼多鴿子，妳不反對嗎？」秦晶晶好奇地問阿宏母親。

老婦一臉慈愛地看著自己的兒子，說：「有什麼不好？牠們陪伴阿宏，就像牠的朋友，而且動物不會欺騙牠，只要你對牠們好，牠們就絕對不會傷害你。」頓了頓，若有所思地說：「相較之下，人心可怕多了，我寧願他成天與這些鳥在一起。」那次火燒船事件，可把她嚇壞了，阿宏也受了驚，那天後總是惡夢不斷，說夢見很多鴿子被燒死。

不過，今天早上，阿宏說他一覺到天亮，再也沒有夢見那些鴿子了。

安佑抱著阿熊，耐心在一旁等著。

說也奇怪，阿宏的鴿子都不怕人，卻唯獨不願太接近安佑與阿熊。

沒辦法，再怎麼樣也是山大王，沒事別招惹。

鳥霸學長與阿宏聊完了，他站起身，緩緩走向另一頭，那背影看來像是想要一個人靜靜。

阿宏走到安佑面前，說：「我們來幫班仔回家吧！」

「但班仔離開已經很久了，有辦法嗎？」安佑問。

阿宏點點頭，說：「被軍人帶走了，然後船沈了，好可憐。牠一直都很想回家。」

渾身夾雜著白色斑點的棕色鴿子靈魂從林間樹叢中飛下，妥妥停在阿熊頭上。

「熊熊，拜託你了。」阿宏遞給阿熊一根樹枝，阿熊無奈一口咬住。

能看見動物靈魂，並與動物溝通的人，不是只有安佑。

但安佑與阿宏都無法窺見班仔記憶中的家鄉景象，只能靠阿熊來表達。

只見阿熊咬著樹枝，歪著頭，很努力地在沙地上畫圖，先是一個歪歪扭扭的圓形，接著是兩個歪歪扭扭的三角形，再來是很多歪歪扭扭的線條……

「阿熊，你能不能畫好一點？」安佑忍不住出聲。

脖子都快抽筋的阿熊氣得一口咬斷了樹枝。

牠也想啊！但牠現在的前腳這麼短，連樹枝都拿不住，要怎麼畫得好一點？而且班仔傳達給牠的景象就是這樣啊！

阿宏遞上另一根樹枝，阿熊還是一口咬斷！

這時鳥霸學長走了過來，看著地上歪歪扭扭的圖，目光認真地研究了一番後，然後拾起一根樹枝，在沙地上畫了起來——大大的圓形是太陽，兩個併排的三角形是山頭，那些歪歪扭扭的線條，位於下方的，特別歪的是河流，比較不歪的是道路，而位於最上方的線條，則是風向……阿熊一臉崇拜地看著鳥霸學長，他畫出來的就是班仔記憶中的故鄉地形耶！

「這你畫的？」鳥霸學長問阿熊，隨即又覺得好笑，自己怎麼對一隻兔子說話？

誰知阿熊居然點點頭。

他看看阿熊，又看看安佑與阿宏，像是想要問什麼，但想了想又不知道該怎麼問，於是決定不問。

反正他只對鳥有興趣。

阿熊蹭過去，咬起鳥霸學長手上的樹枝，繼續畫下去。

阿熊的圖依舊歪歪扭扭，但鳥霸學長一看就知牠在畫什麼。

國外有學者曾試著模擬鴿子眼中的地形樣貌，鳥霸學長研究過好一陣子，所以當他看見阿熊畫出來的東西時，腦袋裡很自然便浮現那些以線條與簡單形狀表示的地形樣貌，再加上他本來就常跑山林研究或救助鳥類，看習慣了高處的山景，於是，

班仔腦海中的家鄉景物，就在他的手裡慢慢呈現出來。

　　鳥霸學長與阿熊在畫圖時，一直陸陸續續有鴿子跑來旁觀，不時發出「咕咕」的叫聲，像在交換意見，等到圖完成時，聚集的鴿子更多了，牠們圍著沙地上的圖，搖晃著身子，轉著圈圈，不時交頭接耳，像是在討論：你看過嗎？你知道這裡是哪裡嗎？要怎麼過去？

　　接著牠們朝著空地外的樹林大聲呼喚，更多流浪野鴿飛了過來，紛紛加入一起圍觀這張景象圖，熱鬧得很。

　　秦晶晶與阿宏母親也走了過來，不住嘖嘖稱奇。

　　忽然，鴿群紛紛讓開，露出一隻不起眼的灰鴿。

　　「你可以帶班仔回家嗎？」阿宏問灰鴿。

　　灰鴿「咕咕」叫了兩聲便振翅飛上天空。

　　班仔的靈魂立刻跟上。

　　「班仔要回家了！」阿宏抬頭看著天空，開心地說。

　　　　　　＊

　　班仔是他養的第一隻鴿子。

　　那個年代，鄉下村子娛樂不多，偶爾舉辦「賽鴿笭」，他便自己製作鴿笭，讓班仔背著去參賽，那時候當然沒有什麼高額獎金或獎品，純粹只是民間活動，班仔的成績很不錯，甚至拿過第一名，讓他好開心。

　　後來，戰爭爆發，這座島嶼也受到波及，所有民間活動停

止,之後,更開始徵用民間物質,班仔就是那時候被帝國軍人強制帶走,要用為傳信的軍鴿。

之後,曾經將這座島嶼視為殖民地的帝國軍人節節敗退,最終撤離,然而當時徵用的軍鴿早已下落不明。

他不是沒想過去找班仔,卻不知要從何找起?只能祈望聰明的班仔有一天能記得歸鄉的路,回到他身邊。

後來,有人告訴他,那批軍鴿被帶上了驅逐艦,之後,驅逐艦被擊沈,無人生還。

他沒有忘記過班仔,即使已到垂暮之年,每每抬眼望著蔚藍天空,耳邊彷彿便響起鴿等的「嗡嗡」聲。

「班仔怎麼還不回來?」年老後,記憶衰退,他最掛念的依舊是這件事。

老家早已被賣掉夷平,改為建商大樓,兒子媳婦整理出一箱又一箱的雜物,其中有一個老舊的鴿等,差點被扔棄,他因此發了好大一頓脾氣。

班仔會不會認不得回家的路了?

房子都沒了。

但那些山還在,溪流也在,風的味道也沒有變。

那一天,麗莎推著他出門曬太陽,天氣很好,他抬頭望著蔚藍天空,忽然,一個小小的黑點由遠而近,是一隻疲累的灰鴿,牠停在了他面前。

他張開手,將鳥食灑落,灰鴿立刻狼吞虎嚥。

一陣風吹來,輪椅上的鴿等響起輕微「嗡嗡」聲。

那天晚上,他夢見了班仔。

在夢裡,他還是那個站在村口伸長脖子遙望遠處的孩子,夕陽漸漸落下,天空的盡頭終於出現他朝思暮想的小小身影。

之八。青霧。

之八、青霧

　　天光破曉前的竹林顯得特別潮濕，完全被朦朧霧氣籠罩。那霧氣遠遠看起來是青色的。

　　彷彿仍在沈睡的竹葉披垂著，偶爾輕輕晃動，有什麼東西在其上緩緩滑過。

　　遠處傳來犬吠，竹林裡的生物被驚動，竹葉開始簌簌抖動。

　　雜沓且急促的腳步聲跟著傳來，伴隨著喘息，似有人在被什麼追趕。

　　一個人影閃進竹林，緊接著一隻小土狗一面「汪汪汪」地叫著，一面也跟著竄入了竹林裡。

　　　　　　＊

　　「都鬧出人命了——」台上的民代正講得口沫橫飛，一旁的年輕助理趕緊遞上一張小抄。

　　民代臉上閃過一絲尷尬，隨即恢復一臉正義凜然，大聲疾呼：「那竹林太危險了！旺財就這樣白白送命，被毒蛇咬死了！雖然旺財只是一條狗，但也是條生命啊！今天是狗，明天就是各位的孩子！」

　　村子裡的小土狗旺財被竹林裡的毒蛇咬死了，消息很快傳到某些有心人士耳裡，他們老早就想剷平那片竹林，趁機炒地

皮獲利，此時更是藉機煽風點火，找來民代，大肆宣揚竹林裡毒蛇的恐怖與危險，鼓動當地居民砍掉竹林。

但不管他們在台上喊得多聲嘶力竭，甚至因為擔心居民的安全而差點痛哭流涕，台下的聽眾都不為所動，有好些甚至還打起哈欠，或摸出口袋裡的手機頻頻查看時間。

「各位！我們現在正面臨一個重要的存亡關鍵啊！」台上的民代喊著：「那些毒蛇不應該在這裡！我們要消滅牠們！所以我們必須──」

「不去惹蛇，蛇也不會來惹你。」台下一個老農突然說。

「那是旺財自己去招惹毒蛇嗎？難道各位都不擔心自己家裡養的貓狗嗎？還有那些雞鴨──」民代馬上回擊，卻被台下幾人不耐煩打斷。

「你以為我們這裡養的動物都像都市裡的寵物一樣沒大腦嗎？牠們從小在這裡長大，早就知道哪裡該去，哪裡不該去，才不會沒事找麻煩。」

「毒蛇哪裡沒有？之前有人被毒蛇咬傷，也沒人喊著要把蛇都殺光啊！」

「再說了，旺財的主人都沒吭聲，你在這裡吵什麼？」

民代被嗆得啞口無言，好半天才結結巴巴地說：「我⋯⋯我是大家選出來的代表，我有義務保護大家──」

「安阿嬤，妳說呢？」有人開口。

接著眾人目光紛紛投向一位就坐在民代面前的不起眼老婦。

不過就是個老太婆而已，民代看著她，心裡這麼想。

老婦緩緩站起身，眼神掃了一圈，說：「這次意外，是旺財不對。」

民代心中嗤笑，這老太婆神經不正常吧？

居然把責任推給一條土狗？

「那裡是最後一片竹林了，何必趕盡殺絕？」老婦說。

民代心中的嗤笑再也藏不住，正想開口，卻吃驚地發現台下那些居民居然都點了點頭，表示贊同。

「既然安阿嬤都這樣說了，那就這樣吧！」之前率先發言的老農站起身，對老婦點點，轉身離去。

接著，早就坐不住的人們也紛紛離去，而且每個人離去前都和善地對老婦點頭致意。

民代壓不住滿臉訝異，一把拉過年輕助理，指著老婦問：「她是誰？」

助理是個當地年輕人，因為里長的請託而暫時來幫忙。

「那是安阿嬤，有毒蛇的竹林就在她家老厝後邊，她是竹林的擁有人。」年輕助理說。

她就是竹林的主人？！

民代一臉不敢置信。

主人都沒說話了，那他還有什麼搞頭啊？

「她是不是很有錢？這裡的人好像都很聽她的話？」民代一面問，一面偷偷用手指比出賄賂的動作。

「跟你說，你也不會懂的。」助理轉身收拾東西。

什麼民意代表，根本就是靠上一代的綁樁資源選上的，完全不了解當地居民關係，連安阿嬤這號人物都不認識，而且根本不重視自然與環境，成天只想靠買賣土地大賺一筆，要不是里長拜託，他根本就不想跑來當什麼民代助理好嗎？

　　　　＊

「旺財死了？」安佑很驚訝。

旺財很聰明，不該招惹的絕不會招惹，怎麼會無緣無故跑進那片竹林裡，被毒蛇咬死了？

電話另一頭的安阿嬤嘆氣道：「旺財這小傢伙老是冒冒失失的，牠衝進竹林的時候，不小心踩破了一窩蛇蛋，母蛇氣壞了，所以……」

安佑的心一沈。

那也是殺生，只好用命來償還。

人類已經破壞太多地方了，早在很久之前，甚至在這片土地還沒有任何人類到來之前，那些生物就已經居住在那一大片竹林裡。然後人類出現了，破壞了一切，污染了水源，將牠們的棲息地開發殆盡，種植人為的農作物，蓋起了房子。竹林一片片消失，曾經在竹林裡生活的動物，許許多多的蛇、鳥、蟲和牠們曾有的棲息地，也一起消失了。

還殘存下來的，藏身在剩下的這片竹林裡，牠們要求不多，只期待能安穩度過一生，並傳宗接代，讓有著自己血脈的後代，

能繼續流傳下去，這是每一個生物最本能的渴望。

牠們從來要的就不多，只是被人類剝奪得太多。

於是不得不反擊，為的也不過是多爭取一絲生存機會。

「你回來一趟吧！」安阿嬤說。

「好。」安佑沒有多問。

那天下午，他拉上二手書店的門，仔細鎖好後，帶著阿熊回老家。

他沒有告訴秦晶晶，因為她最怕蛇了。

    ＊

他常常做那個夢。

然後會在半夜醒來。

夢裡有個模糊的身影，像是個女人，一身青色，長長的烏黑秀髮遮住了大半張臉，讓人看不清她的模樣，但每次夢醒之前，他都能見到她漆黑的雙眸在黑暗中閃出妖異光芒。

我最討厭人類！

他聽到這句話。

是她說的嗎？

也是，人類不斷開發，毀掉一片片竹林，如今連這最後一片竹林也不想放過。

她，不是人吧？

那麼她是什麼？

而為什麼他隱隱約約覺得，自己曾見過那雙眼？

那雙如同黑玉般圓潤晶亮的眼眸。

彷彿在那雙眼裡能看見許多秘密，那些藏在時間裡的秘密。

   *

他們站在竹林前，互相看著對方懷裡抱著的動物。

「兔子？」民代的年輕助理問安佑。

還是黑色的兔子，挺少見。

「鵝？」安佑反問。

是隻公鵝，鄉下很常見。

年輕助理名叫正樹，從小與安佑熟識，安佑離家唸大學後便留在外地替父親照管二手書店，正樹則是工作幾年後，選擇返鄉，原本想要創業，但在里長請託下，暫時當一個替民代跑腿的小助理。

「你來捉蛇？」安佑問。

「不是啦，來捉鵝的。」正樹舉起懷裡的大胖鵝，說：「不知道是誰告訴那傢伙，蛇怕鵝，他就放了隻大胖鵝到竹林裡，說是要趕走那些毒蛇。」

「那傢伙」指的是某位民代。

「拜託，沒有知識也要有常識好嗎？蛇根本不怕鵝！放隻鵝進去，簡直是去竹林裡亂搞一通，搞不好還會被蛇給咬死！」正樹一臉無奈地說。

其實蛇是很膽小的,非到必要不會主動攻擊,放隻胖鵝進去呱呱亂叫,蛇要是嚇到了,跑出竹林,豈不是更危險?不只是人危險,蛇也危險,讓那些原有生物好好待在這竹林就好,不要再打擾牠們了。

「那這隻鵝怎麼辦?」安佑指指鵝。

「先帶回村子裡,看看誰家丟了隻鵝?如果找不到主人,就給你阿嬤好了。」

安佑沒有反對。

村子的人都知道,安阿嬤是最善待動物的人。

沿途尋找鵝主人的路上,許久不見的兩人聊著這幾年來家鄉的改變,最終話題還是落到了那片竹林上。

他又想起了那個夢境。

夢裡,他總是身處竹林,觸目所及皆是輕霧繚繞,那個模糊的身影在他面前緩緩滑過,像是個女人,而不管他望向哪裡,什麼都看不清,只有一些黑暗中的輪廓。

還有青色的霧。

「這附近只有這片竹林了,應該說,整個鄉鎮裡,只剩下這片竹林……」正樹欲言又止,走了幾步,抬頭看了眼太陽。

過了一會兒,他才開口問安佑:「你呢?難得回來,跑到竹林前做什麼?」

「我阿嬤說要把那片竹林過繼給我,但我還在考慮,畢竟我不常回來……」

正樹立刻問:「你阿嬤要把竹林過繼給你?如果你不想要,

能賣我嗎?」

「你想要那片竹林?為什麼?」安佑問。

正樹目光微微閃躲,嘿嘿笑了兩聲,說:「開玩笑啦!你怎麼捨得,對吧?」

安佑不語,不知在沈思什麼,正樹見狀也不再多話。

兩人走遍村子都沒找到鵝主人,只好抱著胖鵝來到安阿嬤家裡,還沒走到門口,就聽見前院裡傳來聒噪的鵝叫聲,正樹懷裡的胖鵝也開始不安份起來,扭了幾下掙脫下地,一面呱呱叫一面朝著院子大門跑去。

他們來到前院,就見到三隻大鵝正在開心地吃著地上的青江菜。

安佑:「……」

正樹:「……」

看來,某位民代不只放了一隻鵝到竹林裡,天知道接下來還會放什麼進去?

安阿嬤見到兩人,揮揮手要他們進來。

「阿樹啊,你每天跑到竹林去做什麼?」老婦問。

安佑看了一眼正樹,他每天都去竹林?

「沒什麼啦。」正樹抓抓頭,想了想,說:「就是想看看那條蛇。」

不知道那條蛇是不是青色的?他心裡想。

「那你找到之後做什麼?你是要跟牠說,以後不要再咬人或咬死其他動物嗎?」安阿嬤說完,不等正樹回答,又說:「牠

會那麼聽話就好囉。」

「不是啦,我是⋯⋯那個⋯⋯」正樹心想既然是安阿嬤,說出來應該也沒關係吧?便說:「我覺得⋯⋯那片竹林裡有秘密。」

安阿嬤只是靜靜看著他。

安佑與阿熊對望一眼。

對他們而言,那不是秘密,而是曾經真實存在的過往,與遺留下來的「念」。

但正樹怎麼會察覺到的?

「做夢夢到的?」安阿嬤忽問。

正樹點點頭。

「那少睡一點不就好了。」安阿嬤擺擺手,轉身回到廚房,狀似不怎麼在意。

倒是安佑好奇問他:「你夢到什麼?」

「竹林。」正樹說:「還有一大片霧,是青色的霧,感覺很冰涼,而且濕濕滑滑的⋯⋯」

安佑等著他說完。

「竹林裡好像有個女人⋯⋯」正樹歪著頭,仔細回想,說:「但我總看不清她的臉,有時候,她會朝我看過來,但我只能看見她的眼睛,很黑、很圓,這麼說起來,她的臉很蒼白⋯⋯」

「她看著你?」安佑問。

正樹想了想,又點點頭。

「她看著你的時候,你有什麼感覺?」安佑再問。

正樹努力回想，卻發現一時之間很難形容那個女人的眼神。

是幽怨？哀傷？還是痛恨？還是還有些什麼別的情緒？

「討厭人類……」正樹喃喃。

「你說什麼？」安佑問。

「有時候，我好像聽見她說，她最討厭人類。」

安佑懷裡的阿熊點點頭，正常。

「但你不討厭她，而且也不怕她，對吧？」安佑說。

正樹思考了一下，點點頭，然後問：「我想知道，她為什麼會出現在我夢裡。」

「那就不要白天去。」安佑說。

正樹會意過來，問：「晚上？」

安佑搖搖頭，說：「要在夜晚與白日交替的時候。」

那是一天裡霧氣最濃的時刻，最適合牠現形。

*

正樹以前從未發現，太陽升起前，竹林總是著籠罩著一層淡淡的朦朧青霧，幽幽徘徊，彷彿不捨離去。

忽然他聽到腳步聲，噠噠噠，踩著滿地枯碎竹葉，噠噠噠，越來越近，越來越近，接著一道身影閃過他眼前，又迅速消失。

他揉揉眼，確定自己剛看見的，是一隻……鵝。

又一隻？到底要放多少隻進來？

竹林裡傳來響亮的鵝叫聲，在萬籟俱寂的破曉前，聽來格

外刺耳，他一個箭步就衝進竹林，不是擔心鵝，而是擔心那隻笨鵝亂闖亂踩，嚇壞了蛇怎麼辦？

他衝得太快，加上天色尚暗，沒注意到腳下，一個不小心被竹根絆倒，整個人面朝下狼狼重重摔趴在地，吃了一嘴土。

竹林瞬間安靜了下來，接著詭異的沙沙聲由不遠處快速接近，像是有什麼東西快速在枯竹葉上滑行。

蛇行。

那東西來得太快，他還沒來得及站起身，便見一雙赤足踩在自己眼前。

他抬起頭，只見一雙鵝掌在半空中不停亂揮，目光再往上，一個身材纖瘦的青衣女人站在他面前，她面容清秀蒼白不帶一絲血色，漆黑的頭髮隨意披散，雙眼圓潤靈秀，如同浸在水中的黑玉，盈盈發亮。

他和她對望，腦海忽浮現一些如同前塵往事般的模糊片段，像是與之前的夢境呼應，但他依舊看不清。

「呱——！」

他回過神，這才看見女人纖細的手正拎著那隻鵝的脖子。

「呃……請問妳可以放開牠嗎？」正樹一面起身，一面小心地問。

那隻鵝看起來好像快不能呼吸了耶。

如白玉的纖手一鬆，胖鵝身軀砰然落地，接著連忙從地上跳起，一溜煙跑走了。

「牠好吵。」女人說。

這是他第一次在現實中聽見她說話，還是這依然是夢境？他已然有些分不清。

她的聲音如水流般清透乾淨，卻平板呆滯，毫無感情。

「對不起。有人把牠放進來，想要趕走蛇。」他試圖解釋。

「趕走蛇？」女人的語調好像有了微微起伏。

「因為之前有隻小土狗在這裡被毒蛇咬死了，所以⋯⋯」他越說聲音越小，儘管，這根本不是他的主意，而且他也認為這主意蠢透了，但他還是感到羞愧，畢竟人類憑什麼自以為是地想要趕走本就生存在這片竹林裡的原始住民？

女人輕聲說：「我知道，牠在追那個人類，卻踩破了蛋。」

蛋？

女人轉頭望向竹林深處，說：「母蛇很生氣，所以咬了牠。現在要找到公蛇生下能孵出小蛇的蛋，已經很難了。母蛇這一窩只生了三顆，那隻狗全踩破了。」

正樹張嘴「啊」了一聲。

女人繼續幽幽地說：「母蛇再也生不出可以孵出小蛇的蛋了，最後一條公蛇在上個月被一個捕蛇人捉走了，被賣到很遠的地方⋯⋯然後人類吃了牠。」她轉過頭，原本平靜的漆黑眼眸裡忽浮現濃烈恨意。

正樹倒抽一口氣，同時不由自主地退了一步。

儘管曾在夢裡遇見她多次，但他從未見她眼裡流露出如此赤裸的恨意。

「我、那個，我不吃蛇的！」正樹猛地冒出這句話，頓時

又覺得自己蠢,想要解釋,卻一時也不知該從何解釋起。

他想問:妳到底是誰?

黑玉般的眼眸直盯著他瞧,他只覺自己彷彿被蛇盯上的獵物,動彈不得,而直到這時,他才發現,女人竟未曾眨過一次眼。

她緩緩朝他伸出手,卻在即將觸碰到他臉龐的前一刻,驟然將手收回。

「為什麼說謊?」她問。

正樹一頭霧水,不明白她在說什麼。

女人身形開始變得透明,接著慢慢脹大,竹林裡刮起了一股怪風,她漆黑長髮被風捲起,青色霧氣由四面八方湧來,幾乎要遮住他整片視線。

「為什麼說謊?」她的語氣聽來依舊平淡,但她的內心就如這竹林正在狂風怒號。

為什麼?

為什麼要說謊?

她想知道,她憤怒、不解、怨恨、痛苦,她不是人類,無法表達情緒,但這竹林就是她的內心,是她的一切,是她的所有。

誰都不能破壞。

天光乍現,第一束陽光投下。

在那束陽光下,他看見那雙黑玉般的眼眸裡不單只有怨恨,還有濃重的哀傷。

他的胸口不知道為何狠狠緊揪了一下。

「我沒有說謊！」他脫口而出，儘管他也不知自己為何要這樣說，他只知道他不想看見她這樣悲傷。

狂風驟息，青霧散去。

「我最討厭人類！」

只餘下這句話輕輕飄蕩在微微晃動的竹葉間。

　　　　＊

正樹辭掉了民代助理的工作。

儘管里長再三請託，甚至打電話到家裡，動用長輩來施壓，他仍一口回絕。

他知道，是里長找來的捕蛇人。

里長和民代都想早日剷平這片竹林去炒地皮，他不想繼續為虎作倀。

那天之後，他就再也沒做過那個夢了，只是他並沒有感覺到解脫，反而有些悵然若失。

那個女人為什麼不再到他的夢裡來？

她為什麼要那麼問？

為什麼要說謊？

那個謊言是什麼？

這日，他來到安阿嬤家想找安佑聊聊，安佑正好不在，安阿嬤說，安佑帶著阿熊去附近的宮廟「拜碼頭」了，他不是很懂這是什麼意思，不管他從小就聽說這一家人有些特殊能力，

甚至能與動物通靈，許多鄰居村民也見怪不怪，有時候哪家的小貓小狗或雞鴨鵝走丟了，還會來找安阿嬤，請她幫忙尋找，也的確每次都能找到。

連走丟的小孩也能找到。

他自己小時候曾因為貪玩掉進一口枯井裡，怎麼喊就是沒人聽到，過了整整三天才被找到，據說，也是著急的家人實在沒辦法，去找安阿嬤幫忙，才得知他被困在那裡。

等等，想到這件往事，他依稀覺得自己好像忘了一些細節⋯⋯

「阿樹。」

安阿嬤的聲音讓他回過神。

「安佑不在。」

沒關係，告訴安阿嬤也是一樣。

老婦一面拿著青江菜餵鵝——又多了一隻——一面靜靜聽他說完。

「阿樹啊，我見過你曾外公。」安阿嬤說。

正樹一臉疑惑，不懂為何忽然提起一個他從未見過的人。

「所以？」

安阿嬤走到他面前，瞇起眼打量著他。

「你和他長得可真像。」

＊

因為辭職，正樹這陣子和家裡的關係不太好，父母與其他親戚長輩紛紛責怪他不該貿然辭職，讓里長沒面子不說，現在這鄉下地方又能找到什麼好工作？難道真的要下田種地嗎？那之前辛苦到外地讀書拿到學位是為了什麼？還不如一開始就留在這裡，早早開始當農夫。

對於自己的未來，他其實也不是很明確，但他知道，自己絕對不願意去傷害那片竹林。

他想保護那片竹林，卻不知自己能做什麼，最多只能盡量到竹林巡視，不想讓別人再放什麼奇怪的東西進去，破壞裡頭的生態。

只是他沒想到，那些打著竹林主意的人，最後竟會採取那樣趕盡殺絕的手段。

那晚他又夢見了竹林，只是這一次，那個女人不再隱藏於青霧之中，而是緊抓著他的手，不停說著：「快救牠……救救牠們……快點……」

他驚醒過來，立刻跳下床，穿好衣服便衝出家門，當他遠遠就看見那片火光時，震驚無比，接著只覺膝蓋發軟，雙腿幾乎就要跑不動。

他們居然放火想把竹林燒光？！

她就在裡面！

還有那些在竹林裡的生物！

發現竹林失火的不只他一人，當他奔到燃燒著熊熊火光的竹林前，見到安佑也抱著阿熊跑了過來。

「正樹！你幹什麼？快回來！」

在安佑驚詫的目光中，正樹竟不顧自身安危，一股氣衝進竹林那漫天的火光裡，安佑根本連阻止都來不及！

安佑原本也想跟著衝進去，在他懷裡的阿熊忽然一個踹腳，同時借勢跳落下地，那一踹的力氣可大了，安佑整個人往後仰，差點站不穩摔倒，等他好不容易站穩身子，阿熊已不見蹤影。

「阿熊！」

儘管知道大火不會傷害阿熊的靈體，但牠的肉身還是會被燒傷，尤其又是那麼小的兔子，萬一⋯⋯他實在不敢想像。

安佑四處張望，發現有幾個村民也瞧見失火了，正在趕來，但只有他們幾人根本阻止不了這麼大的火勢，而且看這火勢由四面八方迅速包抄，根本就是有人蓄意縱火，想在最短時間內將這片竹林全燒光！

正樹一闖進竹林，一道青霧立刻湧上將他裹住，像是在保護他，青霧朝竹林深處延伸而去，宛若在指引方向，他正要往前進，忽覺腳下有什麼東西在拉扯，低頭一看，安佑身邊那隻黑兔子不知何時也跑了進來，正在咬著他的褲管。

他一時三刻也沒想那麼多，抱起黑兔就跟著青霧的指引走，儘管大火蔓延，但青霧所經之處，火勢立刻變小，當他來到竹林深處，竟看到一個捕蛇籠，裡頭有一條青蛇，火焰帶來的高溫宛如酷刑，逃不掉的青蛇已奄奄一息。

他立刻放下阿熊，伸手打開早已變得滾燙的捕蛇籠，也不

顧自己雙手被燙傷，籠門一開，裡頭的青蛇立刻竄出，同時張嘴露出利牙，眼見就要咬上他的手，說時遲那時快，阿熊衝上前，轉身後腿一個飛踹，差點沒把蛇當場踢暈！

正樹簡直不敢相信自己的眼睛！

這兔子好勇猛！

第一次看到兔子敢踹蛇的！

癱倒在地的青蛇一臉委屈地抬起頭，他這才發現，這隻蛇的雙眼是赤紅色的。

那是一隻青竹絲。

青竹絲想逃，但地面滾燙，附近竹枝也都已起火，渾身早已佈滿燙傷的牠根本無處可逃，就在這時，正樹伸出一隻手。

    *

安佑看見那片總是籠罩竹林的青霧正在迅速消失。

許許多多的細小光點不斷加入青霧裡，那些都是曾居住在這片竹林裡的生靈，牠們都想要守護這裡，但火勢實在太大，眼見竹林就要被完全燒毀，這時有人驚訝地喊了一聲，安佑聞聲回頭，只見不遠處的山頭不知何時從兩側湧出兩朵長長的雨雲，那模樣就像是山長出了兩隻手，迅速朝著竹林伸過來。

是阿熊。

世世代代守護著那片山林的祖靈聽到了阿熊的祈求。

雨雲還未飄到，天空已響起炸雷。

第一滴雨水落下時,安佑抬起頭,心想:看來帶著阿熊去「拜碼頭」還是有用的,起碼兩地的神明沒有吵起架來。

　　不該是雨季,卻下起滂沱暴雨,而且不偏不倚就下在那片竹林裡,澆熄了熊熊大火,圍觀的眾人都看得目瞪口呆。

　　安佑冒雨走入竹林,一縷薄薄青霧來到他面前。

　　謝……謝謝……

　　「要謝就謝阿熊吧。」他輕聲說。

　　她的元神已被大火燒得所剩無幾,明明可以逃走獨善其身,明明知道僅憑她的力量根本阻止不了這場火勢,但她還是沒有走,還是用盡所有的力量想要守護這裡。

　　那縷青霧輕輕飄往一個方向,便完全消失了。

　　安佑朝著那方向走去,很快就找到了正樹,只見他坐在地上,那條青竹絲盤繞在他的肩膀上,而阿熊則是一副累壞模樣,仰躺在濕漉漉的地面上。

　　「正樹,你沒事吧?」安佑趕忙上前問。

　　渾身濕透的正樹抬起頭,嘴半張著,目光有些呆滯,彷彿剛剛目睹了最不可思議的景象。

　　好半天,他才開口:「你看過兔子跳祈雨舞嗎?」

　　安佑心中惋惜:好可惜,沒看到。

　　　　　*

　　大雨停息,竹林大火已完全熄滅。

青綠竹葉間仍不時落下雨滴，滴滴答答。

正樹摸了摸地面，確定不再滾燙，這才伸出手，劫後餘生的青竹絲從他手臂上蛇行而下，但在接觸地面前猶豫了一下。

「沒事，已經不燙了。」正樹彷彿看懂了牠的猶豫，輕聲安撫。

青竹絲回頭看了他一眼，轉頭滑到地面，往前蛇行了一會兒後忽停下，再次回頭。

安佑抱起軟癱的阿熊，說：「牠想要你跟著。」

「我？」正樹伸手指著自己。

「牠想給你看樣東西。」

正樹起身，儘管半信半疑，但連兔子踹蛇、跳祈雨舞他都見識過了，再看到什麼奇怪的事情，他也見怪不怪了。

青竹絲帶著他們來到一個不易察覺的地洞前，然後滑入地洞裡便消失了。

安佑示意正樹跟著進去，正樹爬進去後，感覺那洞裡清涼通風，泥土地面很乾淨，上頭還排列著密密麻麻的白色石頭，他細細檢視，才發現那不是石頭。

那是骨頭，長長的脊椎顯示這是一條蛇的骨頭，蛇骨以盤旋的姿態，一圈又一圈地繞著某樣已看不出原始模樣的東西，彷彿是在守護。

他伸手想觸碰那樣東西，但才輕輕一碰，那東西連同蛇骨竟瞬間崩解，化為飛塵，隨著氣流慢慢飄搖而上，卻仍不捨離去。

忽然間他明白了。

那才是她。

青竹絲不知何時又滑了出來,將頭輕輕放在他的掌心裡。

然後他看見了。

她的「念」。

她留下來的記憶。

    *

青蛇為了想吃泥地上的蚯蚓,弄得自己灰頭土臉,狼狽極了。

草叢裡突然跳出一個男孩,他見到青蛇時嚇了一跳,正想逃跑,卻在見到牠蛇滿臉泥巴的糗樣後,哈哈大笑。

偶爾,男孩會穿著已經嫌小的學校制服,赤著腳,背著書包,來到竹林裡。

「阿青!」他這麼喚。

青蛇迅速從草叢裡出現,對著他仰起頭左右搖擺。

「阿青,給你。」他拿出一個裝滿蚯蚓的小桶,對青蛇說:「今天去下田時順便捉的,夠你吃好久囉!」

阿青。

有了名字,便與眾不同。

男孩長成了英挺的青年,俊朗的眉目讓不少鄰家姑娘芳心暗許。

青蛇開始日日期盼他的出現，思念他的渴望日漸加深，於是牠開始產生了變化⋯⋯

　　「阿青，我要去打仗了。」青年愁苦無助的表情只願在牠面前顯露。「我怕是回不來了。」青年落淚，不安的雙手在顫抖著。

　　青蛇圓潤如黑玉的眼眸一眨也不眨地看著他，靜靜地陪著他落淚。

　　淚水落在青蛇的頭上。

　　「阿青⋯⋯」

　　這是他最後一次喊牠的名字。

　　牠把自己的頭貼在青年的手心裡。

　　「阿青，你會等我回來嗎？」

　　青蛇看著他。

　　我是阿青。

　　我會等你回來。

　　青蛇望著他的身影離去，默默記下自己的承諾。

　　牠一直等待，等到時間都已被忘卻。

　　等到形體消失，魂魄仍在。

　　即使等到地老天荒，牠也願意。

　　但是牠一直沒有等到他。

　　　＊

「阿青?」正樹情不自禁輕喊出聲。

漂浮在他身邊的細白飛塵突然微微發亮。

「阿青……阿青!」

他越喊,那些細塵便越閃亮,最後將他溫柔包圍住。

他彷彿聽見一聲嘆息。

一道聲音忽然湧入耳裡。

「你知道我為什麼最討厭人類嗎?」

她的面容出現在他眼前,只是不再如以往清晰,而是變得非常模糊。

她不會哭,也不會笑,但竹葉簌簌顫動,焦黃枯葉紛紛落下。

「因為只有人類會遺忘。」

她垂下眼,望著自己手裡捧著的事物,那是一件小學制服。

她曾經那樣珍惜地擁著它,如同抱著最脆弱、最遙不可及的希望,一直等待,直到死亡來臨的那一刻都不願放棄。

然後她消失了。

正樹呆坐在原地,悵然若失。

忽地,他想起安阿嬤說過的那句話——

「你和他長得可真像。」

　　　　＊

正樹看著手裡那張發黃老舊的相片,上頭是一個英挺的軍

裝青年。

　　青年與他的面容幾乎一模一樣，簡直就像一個模子印出來的。

　　那是他的曾外公。

　　母親說，曾外公年輕時被當時殖民的帝國軍隊送到遙遠的戰場，那個時候，受到殖民教育的本島人被叫做「皇民」，必須為帝國效忠，就算不願意去打仗，也身不由己。

　　「所以曾外公……死在異國戰場了？」他感傷地問。

　　所以才一直沒有回到這裡。

　　「沒有啊，他活著回來了！」母親的回答完全出乎他的意料。

　　曾外公不但活著回來，而且好手好腳，四肢健全，之後娶妻生子，生了兩個兒子，一個女兒，再之後，兒孫滿堂，安詳離世。

　　正樹久久無法言語。

　　他回來了，可是他忘了阿青。

　　直到他離開這個世界前，竟再也沒有想起過阿青嗎？

　　原來，當人過得平安順遂時，就會遺忘過去嗎？

　　那夜，正樹久久無法成眠，眼前一直浮現那雙如溫潤黑玉般的眼眸，裡頭滿是憂傷。

　　但阿青一直記得。

　　她一直在那片竹林裡等待。

　　正樹記起來了，小時候他曾經貪玩掉到竹林旁一處廢棄人

家的枯井裡，平常根本沒什麼人會經過，他掉入井裡時又昏了過去，錯過了家人前來尋找他的呼喚，等到他醒來時，天色已經漆黑一片。

所有的小孩都怕孤獨與怕黑，他也不例外，於是放聲大哭起來。

哭著哭著哭累了，突然一道潔白光芒落入井裡，他愣了愣，抬起頭，原來是月娘來到了井上方。

接著又一暗，一顆蛇頭出現在井邊。

他嚇得大喊一聲，那蛇頭馬上消失不見，再過不久，換成是一個女人的臉蛋出現在井旁，長長的漆黑頭髮披散著從井邊垂下。

因為背光，他看不清她的臉龐，但還是拼命揮手呼救，但她打量了他一會兒之後，便離開了。

他不知道又哭了多久，最後肚子餓得咕咕叫，連哭的力氣也沒了。

就在他想著自己最後會不會就這樣餓死在這裡，頭頂上又一暗，他馬上抬起頭，見到那個女人又出現了。

她從井邊扔給他一顆生雞蛋，還有幾顆方糖，見他接過了，她便離開了。

他困在井裡整整兩天兩夜，那個女人替他送了三次食物，每次都是一顆生雞蛋，還有幾顆方糖。

第三天清晨，他隱隱聽見有人在喊他的名字：「阿樹！阿樹你在哪裡？」

他仰起頭,整個人攀在溼滑的井壁上,扯著乾渴的喉嚨對著外頭大喊:「我在這裡!」

母親從井口探出頭,滿臉淚水,激動得甚至想直接跳入井裡,還好被人攔住。

被救上來後,他問母親怎麼知道他掉在井裡?

母親說,他們實在沒辦法了,最後去找安阿嬤,是她說他在這井裡頭。

母親後來帶著他去向安阿嬤道謝,他曾好奇地問:「安阿嬤,你怎麼知道我在這裡?」

「有人告訴我的。」安阿嬤說。

「是誰?」母親追問。

老婦沒有回答,只是伸出溫暖粗糙的手,摸了摸正樹的頭,說:「沒事了,沒事就好。」

正樹現在明白了,那個女人是阿青。

她早就認出了他。

回過神來,正樹發現自己已是淚流滿面。

　　　　*

「我想參選里長。」正樹的語氣雖平靜卻很堅定。

安佑點點頭,拍拍他的肩膀,表示支持。

「但現任里長的人脈很豐富喔。」安佑說。

「沒關係,我慢慢經營,反正我是不會離開這裡了。」正

樹的目光望向劫後餘生的竹林，儘管受到大火肆虐，但不過幾天，那片燒焦的土地上已然冒出了新生的竹筍，大火焚燒後的竹葉反而成了養分，那些竹筍欣欣向榮，似乎每一分鐘都在抽高，焦急著想要長大。

「阿熊還好嗎？」正樹問。

據他所知，那天之後，阿熊爆睡了整整兩天，後來還是餓醒的，啃完一整根玉米後，又睡了整整一天，這才恢復過來。

不過，安佑沒有告訴正樹，安阿嬤這次可是大大稱讚阿熊，牠體力一恢復，安阿嬤就把牠帶去菩薩面前「修行兼報告進度」。

「你能不能幫我一個忙？」正樹一臉認真問安佑。

「什麼忙？」安佑問。

「能幫我找一條青竹絲嗎？」頓了頓，又補充：「公的。」

「但青竹絲有毒。」安佑提醒。

「⋯⋯真正有毒的，是人類。」正樹說。

安佑不語。

是啊，比起動物，往往更可怕的是人類。

「不要用買的，我是說蛇。」正樹說。

有買賣，就有利可圖，就會有人去捕捉其它地方的蛇，但他不想再傷害這些動物。

「辦得到嗎？」他遲疑地問。

安佑想了想，說會盡力試試。

之後，安佑透過鳥霸學長，找到了爬蟲類收容中心，在那

裡有一隻因為主人照顧不當而營養不良差點死去的公青竹絲，因為長期只被餵食生蛋，骨骼發育不良，有些扭曲變形，體型也比一般正常青竹絲小，安佑原本還擔心牠能不能在竹林裡生存下去，但野放後半年，正樹欣喜地告訴他，說在竹林裡發現了蛻下的成年蛇皮，以及破殼的蛇蛋。

生命的循環再度開始。

*

三年後，正樹選上了里長，他很快開始調查當年竹林的失火事件，發現是之前的里長與當時的民代狼狽為奸，原本只是想驅趕捕捉毒蛇，裝出為民著想的模樣，再趁勢說服安阿嬤處理掉竹林，到最後乾脆雇用黑道放火燒竹林。

正樹不顧長輩與鄰里壓力，一口氣把這些人全數舉報。

其中有個黑道小弟的證詞是這樣的：「其實他們老早就要我去放火，但那天晚上我正準備澆汽油，就被一隻土狗發現了，牠一直追我，怎麼踢都趕不走，最後我只好跑進竹林裡，還差點被毒蛇咬⋯⋯」

正樹每天都會去竹林，仔細檢查有沒有捕蛇陷阱，另外，他也在盤算著，存錢買下竹林四周尚未使用的土地，慢慢復原從前的竹林模樣，他知道那要花上很久的時間，也知道光靠他一個人的力量很難辦到，但至少，他這麼想，至少，總得有人開始這麼做。

總得要有人繼續守護這裡。

番外一。關於阿熊。

番外一——關於阿熊

　　我是一隻兔子,一隻有著黑色毛,胸前還有一道白色 V 字形的兔子。

　　當我站起來張牙舞爪的時候,很多人都會指著我,扯著高分貝的聲音喊:「哇!好像台灣黑熊喔!真是可愛的兔寶寶!」

　　台灣黑熊⋯⋯兔寶寶⋯⋯

　　嗚⋯⋯每次一聽到別人這麼說,我就忍不住鼻酸。

　　我的肉體是一隻兔子,但是我的靈魂卻是貨真價實的熊,而且是快要絕種的台灣黑熊。

　　為什麼我會被困在這隻笨兔子的軀殼裡?這整件事情說來話長,而且都要怪那個三流的通靈師。

　　我原本生活在台灣的深山裡,同族大概都死得差不多了,我想找個老婆生生孩子,找了好幾年都沒下文,你也知道,沒有母熊在身邊,多餘的雄性荷爾蒙沒地方發洩,脾氣就難免暴躁了一些。

　　有次遇到來山上偷獵的獵人,我肚子正餓,脾氣正兇,撲上去就是又抓又咬,結果有兩個獵人死在我的熊爪下。

　　這下可好,我是動物,卻以下犯上,惹上殺人之罪,死後被那兩個獵人的靈魂告了一狀,要直接被送去六畜煉獄受苦萬劫,我當場決定落跑,在人間流浪了一陣子。

　　最後有個菩薩看見我的靈魂,告訴我,其實我本性不壞,

又曾經身為即將絕種的台灣黑熊，好歹也為種族存亡盡了力，因此還是有機會能脫胎換骨，進入人道。

我並不是很想做人，可是想想如果不做人，又做回動物，還是會被人欺負。我又不想回六畜煉獄受苦，最後只好勉為其難地答應菩薩的條件，那就是要拯救九百九十九個動物生靈，我才能洗淨自己的罪過，得以投入人道。

要想拯救動物生靈，光是靠我這種輕飄飄一般人又看不見的靈體是沒什麼用的，於是菩薩建議我可以去找一副軀殼附在上面，以方便我行善。他還熱心推薦一個人，說他一定能幫我……嗚嗚嗚……就是那個人毀了我的一生……那個人叫做安佑，看起來就是一副呆樣，就在我懷疑他到底能不能幫我的時候，他就拉著我的靈魂跑到他表妹家，再三拜託我做做好事，先附在兔子身上，不然他表妹哭得好傷心。

我看了一眼在死兔子旁邊號啕大哭的小女生，心裡只覺得煩躁，這女生怎麼哭得這麼難聽？

安佑說她是因為兔子死了才這麼傷心，我聽了很慶幸，好險我死的時候沒人用這種殺雞似的哭聲送我，倒是有不少人的歡呼聲──因為我是掉進獵人的陷阱後被槍射死的。

我左右張望，只見那隻黑兔子的靈魂面無表情地站在牠自己的身體旁，低著頭不知道在想些什麼。

「喂，我這樣算不算拯救你？」我對兔子喊。

牠抬起頭望望我，問：「你要救我？」

「是啊。」

「不,我已經得救了。」

我聽不懂牠在說什麼。

「我很高興我死了。」兔子轉身就跳走了,一點都不留戀。

「去吧,兔子的靈魂已經走了,你再不進去兔子的身體裡,就沒有機會了。」安佑這時候在旁邊催促。

可是我不想當兔子啊!我可是熊耶!

「當一下就好,算我求你?」

這算不算拯救動物生靈啊?

「算算算!你想,人也是動物啊,你讓我表妹不再傷心,也算是拯救她幼小脆弱的心靈啊!」

想想也有道理。

於是我就這樣糊裡糊塗地走進兔子的身體裡。

「啊!黑寶寶活過來了!」小女生興奮地尖叫起來!「媽!媽!妳看!我就說吧!兔子可以從二樓跳到一樓沒事的!妳看!黑寶寶果然沒事!」

「表妹!妳不是說黑寶寶是被貓嚇死的嗎?」安佑很驚訝。

「哎呀,表哥是你沒聽清楚啦!我是說,黑寶寶是想要當貓,學貓從樓上跳下來才摔死的。」

「妳騙人!妳在電話裡面明明不是這樣說的!」安佑氣得跳腳。「妳怎麼可以這樣虐待動物!妳會遭到報應的!」

小女生對他伸伸舌頭,說:「隨便你怎麼說,反正黑寶寶現在沒事,我可以繼續——啊!黑寶寶咬我!」

開玩笑!把兔子當貓玩?妳怎麼不自己去學貓從二樓跳到

一樓，看看會不會沒事啊？

難怪剛剛那隻兔子很慶幸自己死了，終於不用再受這個恐怖的小女生虐待。

「黑寶寶！你不乖！」

我就是不乖！我本來就不是你的黑寶寶！

我是台灣黑熊！吼——

我站起來，大吼一聲，伸出前掌想去抓她的臉，卻發現自己不但矮人一大截，而且我的前腳……怎麼變得這麼短？

我想吼也吼不出來，只有微弱的「吱吱」聲，配著我短短的小前腳亂揮舞。

「黑寶寶你怎麼變得好兇？」

我這副滑稽的兔子學熊樣居然也能嚇到她，只見她退後兩、三步，很驚訝地望著我。

「壞壞的黑寶寶，我不要！」

    *

兩天後，我被連兔帶籠送到了安佑家裡。

我想離開兔子的身體，再去另外找一個比較能符合我身為熊族的雄壯軀體，至少也替我找條大狼狗或是黃金獵犬那種帥氣瀟灑的大型狗嘛！沒想到……

嗚嗚嗚……說到這裡我就悲從中來……

沒想到安佑居然說，他不知道一旦我的靈魂進入新的軀體，

就無法再離開，除非新的身體再次死亡，但是他不忍心再讓我死一次，所以只好委屈我繼續待在兔子的身體裡。

有沒有搞錯！

我是熊耶！為什麼要被當成兔子養啊？

我生氣、懊惱、痛苦，沒事就鑽研兔子也能自殺的方法，舉凡撞牆暴食跳桌或咬電線等各種方法我都試過了，但是都沒用。

最後安佑告訴我一個晴天霹靂的消息，那就是如果我自殺，罪孽又加三等，即使拯救了九百九十九個動物生靈也沒有用。

萬念俱灰之下，我只好放棄自殺的念頭，暫時委屈自己棲身在這小小的兔子身軀裡。

但是……我不想天天吃草……我想大口吃蜂蜜……我想去爬樹……嗚嗚嗚我好痛苦……什麼時候我才能解脫……

我要等到何年何月才能拯救九百九十九個動物生靈啊……我怎麼感覺自己好像遇上詐騙集團了？

嗚。

番外二。My Sunshine。

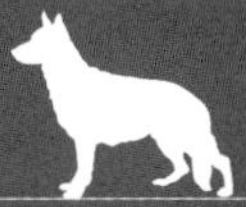

番外二──My Sunshine

　　阿豹身為保家衛國的軍犬，從小便接受嚴苛訓練，天不怕地不怕，冷靜自制，從不慌亂，眼觀八方，耳聽四方，跟隨英勇的國軍兄弟，上陣殺敵，不畏犧牲！
　　但是退役後的牠現在卻面臨了此生最大的挑戰！
　　眼前這軟綿綿又毛茸茸的小東西是什麼？
　　牠好奇極了，往右歪歪頭，聞一聞。
　　再往左歪歪頭，嗅一嗅。
　　這小東西還會動！
　　這到底是什麼？
　　「喵。」
　　細小的奶音叫聲讓阿豹嚇了一跳！甚至退了兩步！
　　這東西會叫！
　　牠睜大了眼，探出長長的狗鼻子想要觸摸這小東西，結果牠的鼻子還沒碰到，這小東西一個站立不穩，自己摔倒了，開始細聲哭了起來。
　　阿豹慌了，這不是牠弄哭的啦！真的！
　　在牠身為鋼鐵男子漢的一生裡，哪裡聽過這麼軟萌的奶音哭聲？
　　小奶貓哭得牠都慌了，急得團團轉，甚至跑出診療室，不顧規矩地叫了一聲。

正在診所櫃檯講電話的帥哥醫生轉過頭，有些訝異。

阿豹在動物醫院裡從來不會叫。

他第一次見到阿豹如此慌張，甚至對自己露出求救與不知所措的眼神。

阿豹跑回診療室，又跑出來，再跑回去，又跑出來，這下醫生懂了，跟著走進診療室，就看見不知什麼時候從保溫箱偷跑出來的小奶貓正在地上細聲哭著。

醫生皺起眉頭，趕緊輕輕抱起小奶貓。

這麼小的奶貓，又沒有了媽媽，哭聲聽起來很微弱，看來希望不大啊。

但是帶小奶貓來的大學女生說了，不管要花多少錢都沒關係，請他盡全力救治這隻小奶貓。

「醫生，你不用擔心，我不會賴帳。如果真的超出預算，我會打工慢慢還。」

既然對方都這麼說了，他立刻將小奶貓送進保溫箱裡，原以為牠很虛弱，沒想到居然自己偷溜了出來，還好被阿豹發現，不然一直待在冰涼的地板上，遲早會失溫死掉。

醫生拿來針筒試圖餵奶，但小奶貓很抗拒，弄得滿臉奶，就是不願喝。

他只能暫時放棄，把小奶貓的臉擦乾淨，再送回保溫箱。

只能先先放保溫箱觀察了，希望牠能熬過這一兩天。

這天夜裡，醫生每隔幾小時就試圖餵小奶貓喝點奶，但依舊沒有成果。

隔天早上，保溫箱裡的小奶貓已經一動也不動了，他確認了一下心跳，完全聽不到了。

沒辦法，失去母親的小奶貓真的很脆弱，不容易救活。

他打電話給大學女生，這天是週日，她不用上課，聽完電話後沈默了幾秒，然後說她會過來帶走小奶貓。

掛上電話，他將小奶貓從保溫箱裡取出，放在診療台上，用一條毛巾輕輕裹住。

阿豹蹭了過來，看了看小奶貓，又看了看醫生。

「我盡力了。」醫生看著阿豹說。

*

大學女生趕到時，醫生驚恐地發現小奶貓不見了！

他明明放在診療台上的，怎麼會不見？

難道是阿豹……他一顆心沈了下去。

可惡啊！他可從沒餓過阿豹一頓，想要打野食也不該──

「醫生！你的狗──」大學女生驚訝的聲音傳來。

醫生閉上眼，心想完蛋了，這該死的阿豹，偷吃不擦嘴被發現了嗎？

他腳步沈重地走出診療室，正想著該怎麼解釋，這時蜷縮在角落的阿豹抬起頭，然後搖了搖尾巴。

臭阿豹，還搖尾巴，你知不知道闖大禍了？

眼見大學女生正要靠近阿豹，他趕緊制止：「別隨便靠近！

牠以前是軍犬！可能會攻擊——」

然後他看到了。

阿豹的懷裡蜷縮著一個小小的身影。

是那隻小奶貓。

阿豹沒有吃掉牠。

醫生鬆了口氣，但下一刻，又是一臉疑惑：那阿豹在做什麼？

阿豹用大大的舌頭舔了一下懷裡的小奶貓，原本以為已經死去的小奶貓，竟微微動了動，幾秒後，發出一聲虛弱的叫聲。

小奶貓還沒有死！

大學女生忽然果決地看向醫生，說：「快餵奶！」

「可是我昨天試過了，都沒用——」

「一開始都是這樣的！他們說，小奶貓抗拒過幾次後通常就會喝了！快點！」

「他們是誰？」醫生皺起眉。

一些道聽途說的意見，哪比得上他的專業判斷？

「醫生你沒養過貓嗎？」

他沒有回答。

因為他還真沒養過。

「是中途貓咪的社團裡說的，總之快點餵奶！」

被一個大學女生命令，醫生心裡多少有些不情願，但救小貓要緊，他決定不計較，就連手上的針筒奶瓶被搶走，他也不介意，真的一點都不介意……

就在他抱著幸災樂禍的心態，等著看小奶貓再次拒喝時，小奶貓居然張開了小小的嘴巴，狼吞虎嚥地喝起奶來。

「喝了！喝了！太好了！」大學女生開心極了，轉頭望向他，一張青春美麗的臉龐脹得通紅，眼泛欣慰淚光。

醫生猛地轉過頭，這畫面、這情感……實在太衝擊，他覺得自己的心臟有點負荷不了。

＊

小奶貓暫時保住一條命，但讓帥哥醫生傷腦筋的是，阿豹堅持要在懷裡護著小奶貓，趴在醫院角落哪裡都不肯去，也不肯吃東西，只願意偶爾喝幾口水。

醫生實在沒辦法，只好偷偷用另一個帳號上網求助，有個好心的網友給了他一個建議：「袋鼠媽媽。」

在一些較貧困的國家裡，醫院無法負擔購置昂貴的保溫箱給早產兒使用，於是便有婦女自告奮勇當「袋鼠媽媽」，她們將早產的小寶寶用背帶綁在胸前，日夜不分離，不但可以替寶寶保溫，還能讓寶寶聽到她們的心跳，得到安全感，許多早產寶寶因此能夠存活下來。

帥哥醫生半信半疑，找了條背帶，改良一下，將小奶貓綁在阿豹胸前，一綁好，阿豹立刻就衝出動物醫院，灑了好大一泡尿！

舒爽！

帥哥醫生無言。

居然忍到這種地步，再忍下去會生病的！

大學女生名叫小雨，見到阿豹當上「袋鼠媽媽」的模樣，猛誇醫生聰明，那幾天他都覺得身體輕飄飄的，心情特別愉快。

在阿豹貼身不離的照顧下，小奶貓順利存活，幾天後張開了眼，還無法聚焦的雙眼看著第一個映入眼簾的矇矓景象，細細地叫了一聲。

「牠在叫你媽媽。」小雨對著阿豹說。

阿豹這次整顆頭都快要歪成了九十度。

小雨把小奶貓帶回家後，過了兩天又垂頭喪氣地帶回來。

「不行，帶回家後，牠不吃不喝，一直在哭。牠想要媽媽。」小雨說。

原本在她懷裡哭個不停的小奶貓，一來到醫院門口，叫得更大聲了。

阿豹立刻迎上前，一口叼住小奶貓，走到角落趴下，一口一口舔著小奶貓的頭安撫。

沒過幾秒，小奶貓安靜了。

睡著了。

「醫生，雖然很不好意思，但我可以把小貓暫時留在這裡嗎？食宿費盡量算沒關係。」

「還有保母費。」帥哥醫生一臉酷酷地說。

「可以，沒問題。」小雨一口答應。

「保母費不用付錢。」

「？」

小雨瞇著眼，有些警戒地看著眼前一臉認真的醫生。

「我醫院正好缺個助理，妳有空過來幫忙就好。」

「……有勞健保嗎？」

於是小雨成了帥哥醫生的第一個助理，只在週末上班，負責接聽電話和照顧小奶貓，有時候還要帶阿豹出門散散步。

小奶貓有了名字，叫做小虎，是顏色漂亮的虎斑貓，最喜歡貼在阿豹身上，一開始貼在阿豹頭上，再之後長得更大了，便趴在阿豹背上，德國狼犬背著一隻小虎斑貓在街頭上散步，自然吸引不少好奇目光，路人紛紛上前拍照然後上傳社群網路，阿豹儼然變成網紅，成了動物醫院的活招牌。

小虎後來跟著小雨回家，但每次小雨到動物醫院上班，一定都會帶著牠。

後來，小雨偶爾會要求帶阿豹回家幾天，帥哥醫生心知肚明，她大概是又遇到了小奶貓，他也不說破，總是點頭說好。

只是，阿豹不在的時候，他發現自己好像有些寂寞，覺得動物醫院有些安靜與空蕩。

阿豹本就是退休軍犬，年紀大了，即使帥哥醫生悉心照顧，仍抵不過衰老與病痛的到來。

阿豹漸漸吃不下東西，只能偶爾喝幾口水，大小便也漸漸失禁，每次帥哥醫生替牠清理時，牠總是露出歉疚的目光，輕輕嗚咽。

「沒關係，阿豹。」帥哥醫生摸摸牠的頭。

那一天，阿豹連水都喝不下了，只是靜靜地趴在那裡，曾經英挺壯碩的身軀如今因為年老無法吸收營養，已是瘦骨嶙峋。

小雨帶著小虎趕了過來。

沒過多久，幾個長期照顧浪貓的愛媽也趕了過來，還有幾個年輕人，他們手裡都拿著一個小提籃。

「阿豹，謝謝你！」

每個人都帶來了一隻阿豹曾經貼身照顧過的小奶貓，如今都已經是健康的成貓，每一隻貓都記得阿豹，提籃一打開，原本最怕陌生環境的貓咪們一隻接著一隻立刻出來，走到阿豹身旁。

牠們貼在阿豹身上，想用自己的體溫去溫暖身軀漸漸冰冷的阿豹。

牠們伸出小小帶刺的舌頭，替阿豹整理已失去光澤的乾枯毛髮。

阿豹慢慢閉上眼。

小雨抱起阿豹的頭，放在自己大腿上，在只能聽到幾聲啜泣的房間裡，傳來清亮溫柔的歌聲。

You are my sunshine, my only sunshine,

You make me happy when skies are gray.

You'll never know dear, how much I love You.

Please don't take my sunshine away...

帥哥醫生不理解，自己在爺爺過世時都沒哭得這麼傷心，為什麼現在自己會哭成這樣？眼淚根本決堤，止都止不住。

臭小雨，沒事找來那麼多人，害他出糗，好丟臉。

而且歌也沒唱得多好聽，還會破音。

「阿豹，你辛苦了，謝謝你。」小雨在阿豹頭上輕輕一吻。

阿豹的心臟吃力地跳動了最後一下，然後永遠停下了。

最後一次，小虎上前用頭輕輕撞了撞阿豹的頭，叫了一聲。

*

帥哥醫生從來沒有養過「寵物」——現在該叫「動物同伴」？還是「毛小孩」？

他本來是想學醫的，但在一次高中學長回來分享就業心得時，提到現在的人類醫生常遇到醫療糾紛，還得花很多時間打官司，身心俱疲，而且大環境越來越不理想，不少人都離開了這一行。恰巧，那時他讀到一則新聞，說現在動物同伴的數量已經超越了小孩，動物醫院這行業未來勢必大有前景，再加上高端醫療，更有「錢景」。

誰工作不是為了賺錢？如果連自己都無法溫飽，過上滿足的生活，又哪裡來的多餘精力去幫助其他人？

於是他選擇了獸醫系，當他發現那一年的系上新生裡居然有曾在人類醫院執業的醫生，便更加堅信自己的決定是對的。

人太難搞了，動物就簡單多了。

他一直以為只要夠專業就能解決一切問題，但遇到了小雨後，他才發現，他只有專業，只有厚重的教科書和冷冰冰的昂貴儀器，卻沒有溫暖的常識與情感。很多事情，其實在學校裡，甚至在動物醫院裡都是學不到的。

當然，這可不是說他否定自己的專業，畢竟當年他也是個認真的好學生，只是，他漸漸不得不承認，從前他認為的那些「道聽途說」，有時候，只是有時候啦，還是有那麼一點點道理。

譬如，失去母親的小奶貓，一開始都會抗拒人類的灌食餵奶。

譬如，機械的保溫箱反而不如帶有心跳聲的「袋鼠媽媽」。

譬如，貓咪走失，可以到附近的土地公廟或找虎爺求助，這一點他以前聽了絕對嗤之以鼻，但認識安佑後，他開始漸漸相信，在這個世界上，的確有一種醫學或科學都無法解釋的力量存在。

又譬如，當動物同伴離去，往往比失去親人還要悲痛。

不用羞於承認，因為這表示你真正付出過、愛過，才會如此傷心。

阿豹可以說是他第一個毛小孩，原以為阿豹不過是隻狗，又不是人，而且又是退休軍犬，年紀已大，這麼快離去，他早該有心理準備，但事實是，面對阿豹的離去，他久久無法釋懷，哭了整整三天，甚至傷心難過到動物醫院都無法開門營業，只因為他無法忍受看到空蕩蕩的診間。

好想再看到阿豹,好想再摸摸牠的頭,好想再聽到牠走在動物醫院裡的腳步聲。

王家誠帶著安佑與阿熊來到動物醫院。

「阿豹還在這裡。」安佑說。

「啊,果然是這樣嗎……阿豹一定是很捨不得我……」帥哥醫生硬是扭過頭,不想讓別人見到自己落淚。

「不是,他沒有捨不得你。」安佑說。

「我就知道……欸?」正在吸鼻子的醫生瞬間嗆到,咳到滿臉通紅。

王家誠上前拍了拍醫生的背,哇,咳得好慘。

「阿豹有什麼遺憾嗎?」王家誠問。

「沒有。」安佑說。

「那他還留在這裡做什麼?」帥哥醫生與王家誠幾乎同時脫口問。

「阿豹說,牠在這裡過得很開心,所以希望其他的軍犬退役後,也能來到這裡。」

帥哥醫生愣住。

他可從沒想過。

王家誠與安佑同時望著醫生。

醫生沈默好半天,然後搖了搖頭。

阿豹離開,他就已經這樣傷心了,難道同樣的事情還要再來一次?他又不是自虐狂!

「阿豹說,他想告訴未來的退役同伴,要怎麼樣照顧小奶

貓。」安佑說。

帥哥醫生深吸一口氣，想到阿豹細心照顧小奶貓的身影，眼前瞬間模糊。

實在太痛了，痛到他根本不敢去想自己將來還要承受一次這樣的痛。

「沒關係。」安佑說。

「什麼沒關係？」王家誠問。

「阿豹說，沒關係，牠可以等。」

如果很悲傷，沒關係，時間會慢慢讓悲傷沈澱，悲傷沒有消失，只是變成酸酸甜甜的回憶，即使流淚也是笑著的。

*

後來，帥哥醫生又領養了一隻退役軍犬。

他還是想叫牠「阿豹」。

「這樣可以讓我感覺阿豹還在這裡。」醫生說。

但小雨不同意，她說每隻狗都是不一樣的，這次的軍犬毛色比較黑，她要叫牠「黑豹」，叫了幾次後，改叫「小黑」，帥哥醫生抗議這根本菜市場名，每隻黑色的狗都叫「小黑」啊！但他抗議無用，最後只好折衷：「叫大黑好不好？」

大黑初來乍到，十分拘謹，放飯喝水都要等到帥哥醫生一聲令下，才會開動，比阿豹還要一板一眼。

大黑與小虎的初次見面，驚天動地，一狗一貓見面立刻就

打了起來，帥哥醫生與小雨連忙上前阻止，雞飛狗跳，兩人身上都掛了彩。

原來不是每隻狗都對貓很友善，帥哥醫生又學到了一課。

應該說，狗貓天生就是死對頭，阿豹是個例外。

大黑被關進籠子裡反省，牠瞪著無辜的大眼，不明白自己哪裡做錯了。

小虎挑釁地在籠子前徘徊，大黑氣壞了，又抓又叫又跳又咬，眼見就要把堅固的鐵籠給拆了，帥哥醫生正煩惱該怎麼辦，忽然，他聽到一聲狗叫。

是從他身後傳來的。

小虎趕緊乖乖回到小雨身邊，不再挑釁。

大黑安靜下來，雙眼直視前方，然後，慢慢後退兩步，坐下。

那模樣彷彿是在聽訓。

然後，大黑的頭向右歪了歪，看看小虎，又看看前方。

接著，大黑的頭向左歪了歪，又看看小虎，眼裡滿是疑惑。

帥哥醫生目不轉睛地看著籠子前，但什麼都看不到。

這時，小虎走到籠子前，忽然倒下，還露出肚皮打了兩個滾。

小雨驚訝地看著，然後扭頭看向醫生。

你看到了嗎？她的目光這麼問。

妳聽到了嗎？他的目光裡卻是不同的問題。

從那天起，大黑不再攻擊貓。

之後，醫生把安佑之前給他的金剛砂拿出來……呃，這要怎麼用來著？

他不是很有自信地將金剛砂灑落，然後屏息等待。

然後他看到了。

灑落在地的金剛砂上，出現一個腳印。

是狗的腳印。

他呆楞地望著那個腳印，良久，才輕聲說：

「阿豹，一路好走。」

　　　　　＊

大黑並不喜歡貓，但面對小虎的挑釁與打鬧，牠永遠打不還手，罵不還口，一臉無奈與忍讓，小虎覺得無趣，很快就不再招惹大黑。

看來，讓大黑繼承阿豹成為另一個袋鼠媽媽的希望，破滅。

不過，小雨說，這樣對大黑不公平，牠本來就不是阿豹。

阿豹是獨一無二的。

半年後，帥哥醫生開始發現動物醫院門口常出現一隻瘦小的白貓。

起初，白貓畏畏縮縮，只要有動靜，立刻跑得遠遠地躲起來。

後來，白貓膽子稍微大了一點，會開始在門口探頭探腦，彷彿在找人。

「牠應該是在找大黑。」小雨說。

原來,有次小雨帶著大黑去散步,正好見到那隻白貓被兩隻流浪狗欺負,一向對貓沒什麼反應的大黑忽然大聲吠叫起來,甚至用力掙脫狗鍊,小雨正擔心白貓要遭殃,卻見大黑直朝著那兩隻流浪狗衝去,下一刻就聽到有狗在慘叫,沒多久那兩隻狗便夾著尾巴逃了。

小雨好驚訝,沒想到大黑會幫助白貓。

從此那隻白貓把大黑當成了守護神,只要大黑出來散步,白貓就會在不遠處跟著,跟著跟著就跟到了動物醫院,然後不走了。

不論晴雨,白貓總是蹲在動物醫院門口,蹲著蹲著就有飯吃,而且不怕被流浪狗騷擾,即使偶爾被當地的貓老大挑釁,只要牠一叫,大黑就會「汪汪汪」地邊叫邊衝出來,那些貓老大全嚇得屁滾尿流,再也不敢來。

帥哥醫生只好收編白貓,他說白貓這麼髒又這麼瘦弱,成天站在動物醫院門口,實在有礙觀瞻,說不定別人還以為他虐待動物。

小雨很開心,即使帥哥醫生否決她為白貓取名「小白」的提議,她也不怎麼介意。

「我要叫牠『來福』。」帥哥醫生說。

狗來富,貓來福。

「這名字好棒!」小雨說。

帥哥醫生那幾天又覺得輕飄飄的,心情好愉悅。

被收編的來福很快變得白白胖胖，毛色潔白蓬鬆，鎮日與大黑形影不離，沒事就在大黑腳下轉，轉得大黑連路都不會走了，偏偏阿豹前輩有交代，絕對不可以欺負貓，大黑只好繼續無奈與忍讓。

　　那一年的冬天特別冷，大黑病了，很快就吃不下東西，只能靠帥哥醫生替他打點滴維生。

　　帥哥醫生很難過，沒想到這麼快又要再次體驗到失去的傷痛。

　　來福每天都陪在大黑身邊，抱著大黑的頭，不斷舔著牠的臉。

　　動物的求生慾全看願不願意進食，來福像是想鼓勵大黑，每天總是變著花樣叼不同的食物給牠。

　　第一天是帥哥醫生便當裡吃剩的雞腿骨頭，大黑不吃。

　　第二天是牠不知道從哪偷來的魚乾，臭得大黑差點沒翻白眼。

　　第三天是一隻肥美的死老鼠。

　　第四天是五隻奄奄一息的蟑螂……

　　第五天，帥哥醫生正想著來福還能變出什麼花樣時，驚訝地發現大黑試圖站起身，儘管四條腿顫顫巍巍，牠還是很努力地走向牠的水碗，開始喝水。

　　醫生趕緊打開一個狗食罐頭，大黑立刻吃了起來。

　　醫生哭笑不得，看來大黑也受不了來福的「好意」，決定趕快自己好起來。

他趕緊傳訊息把這好消息告訴已經不再是大學生的小雨，還附上一段來福開心地在大黑身邊蹭來蹭去的影片。

　　小雨已經帶著小虎離開了這座城市，到外地去唸研究所。

　　帥哥醫生曾問過她，有沒有想過當獸醫？

　　小雨想了想，搖搖頭，說：「不一定要當獸醫，才能幫助動物。」

　　小雨說，她想從教育做起。

　　她要告訴小朋友，善待每一個生命。

　　生命來來去去，有相聚就會有別離，唯有善待每一個生命，珍惜每一段相處時光，才不會留下遺憾，並讓這個世界更美好。

　　從前的他若是聽到小雨這麼說，只會覺得這個年輕女生真是不自量力，只有一個人的力量能改變什麼？

　　但他現在只要想到小雨的背影，他就覺得，也許她真的辦得到。

　　原來，人是會改變的。

　　像是從前的他是不唱歌的，這可不是因為他對自己歌聲沒信心，只是覺得唱歌很無聊，也從來不想了解那些歌詞到底在講什麼，但現在，當他想起他們的時候，他會不自覺地輕輕哼起一首歌——

You are my sunshine, my only sunshine,
You make me happy when skies are gray.
You'll never know dear, how much I ——

手機鈴聲響起。

他接起電話,臉上的笑容比陽光還燦爛。

番外三。颱風夜。

番外三——颱風夜

　　他第一次見到小綠，是在一個風雨交加的颱風夜。

　　那天，他記得很清楚，父母又在吵架，雙胞胎妹妹號哭不停，他實在受不了了，奪門而出，那年他才十一歲，個子卻已幾乎比同年齡的孩子要高，足足接近一百七十公分，但在強烈颱風的威力下，還是被風吹得連路都走不穩。

　　颱風夜，家家戶戶都緊閉門窗，就連店家也提早休息，他一個人走在空蕩蕩的大街上，又冷又累又餓，最後實在沒辦法，決定到附近的小學先避避風雨再說。

　　才走過小學附近的街角，一個圓滾滾暗呼呼的東西就「咚」的一聲撞上了他的腳。

　　這是什麼東西……

　　「嗚！」

　　……還會叫？！

　　他蹲下身，戳了戳那東西，忽地一雙大大的眼睛轉了過來，愣愣看著他。

　　……貓頭鷹？

　　不對，好像和他在書上看過的貓頭鷹又不太一樣。

　　總之是一隻鳥，看來也是被颱風吹得頭暈腦脹，好幾次想要振翅飛走，但翅膀拍了幾下又被風吹回。

　　他於心不忍，撈起這隻鳥，一起到小學裡躲避風雨。

那隻鳥渾身濕透，抖個不停，卻乖乖待在他懷裡，一點都沒有想要逃跑的意思。

他忍不住對牠說：「笨鳥，把你賣了都不知道。」

颱風夜過去，隔天清晨，風和日麗，望著藍天，彷彿颱風根本沒有來過，但他低下頭，到處都是折斷的樹枝、散落的樹葉、破碎的玻璃、不知哪裡飛來的破損廣告招牌，地面覆蓋著這些颱風過後的殘骸，幾乎連路都走不了。

他抱著懷裡的鳥，小心翼翼地走到校園角落的一棵大樟樹前，這棵樟樹據說已經快百歲了，這麼多年來，不知遭受過多少次颱風襲擊，依然屹立不搖。

所以，應該是個很安全的地方吧？

他仰頭張望，發現一個樹洞，趁著一大早還沒有人來學校，他爬上老樟樹，把那隻傻頭傻腦的鳥塞進了樹洞裡。

那隻鳥進了樹洞，轉頭看看他，又看看樹洞，接著那雙大大的眼睛露出了困倦，眼皮變得沈重，儘管很努力想要睜開，但只見眼皮還是一點點、一點點地往下滑⋯⋯

「算啦，去睡吧！明明昨晚也沒幹嘛⋯⋯」他忍不住嘀咕，這隻鳥昨晚一直躲在他懷裡，什麼事都沒做，為什麼現在還會睏成這樣？

後來他才知道，那是因為小綠是夜行性動物，只要到了白天就會犯睏，躲起來睡覺。

小綠是其他人替這隻鳥取的名字。

很快，校園裡的其他小朋友就發現了小綠的存在，每到傍

晚太陽要下山了，睡飽的小綠就會搖搖晃晃地走出樹洞，轉著脖子四處打量，準備開始屬於牠的一天。

　　學校的老師們教導小朋友們要愛護小綠，白天不要去打擾牠，校長甚至在開朝會時，向全校宣布，小綠從此就是他們學校的一員。

　　小綠是都市裡算常見的領角鴞，屬於猛禽，是獵食動物。

　　他記得自己在圖書館的書本上看到這段敘述時，簡直不敢相信。

　　小小一隻，呆頭呆腦，又老是一副愛睏模樣的小綠，是猛禽？

　　還真看不出來。

　　沒有人知道小綠是從哪裡來的，只知道在那次的颱風夜之後，牠便出現在學校這棵老樟樹的樹洞裡。

　　「大概是被颱風吹來的吧！」

　　他聽見校園裡有人這麼說。

　　的確是被颱風吹來的啊，但他從未告訴別人這件事。

　　後來，他念初中時，母親帶走了雙胞胎妹妹，把他留給父親。

　　父親是個工人，離婚後鎮日早出晚歸，假日也不在，家裡只有年邁的奶奶勉強撐著身子在照顧他，他不得不很快就學會照顧自己，但內心的空虛卻一日日不斷增長。

　　活著的意義到底是什麼呢？他常常這樣問自己。

　　也常常想著，若是有一天早上，他沒有睜開眼，就這樣死

去了,會有人替他感到傷心嗎?

對未來甚至對自己的存在感到茫然的同時,他被幫派看中,派出小弟開始接近他,身邊沒有大人的規勸與指導,加上渴求陪伴,他很快就成了那些人的一份子,開始惹是生非,到處闖禍,學校想請家長多多注意,但父親從未出現過,年邁的奶奶就算到了學校也只是哭個不停,訴說自己隔代教養有多麼不容易。

偶爾,他會經過從前唸過的小學,看見那棵老樟樹,然後想到小綠。

小綠還在那裡吧?

有一天,他騎機車經過時,發現幾個高年級的小學生站在老樟樹前,大聲嬉笑,其中一個拿著一根長長的竹棒不斷用力戳著那個樹洞,他馬上煞車,翻牆跳入小學裡,搶過那根竹棒,當場就在那些孩子面前用力折斷!

「滾!」

他朝著那些孩子兇狠地揮舞斷成兩截的竹棒。

居然敢欺負小綠!

當時的他身高已經將近一百八十公分,那些頑皮的小孩一見他就嚇跑了,他扔下斷掉的竹棒,惡狠狠地瞪著他們的背影。

然後他抬頭望向那個樹洞。

小綠應該沒事吧?

這時一個瘦小的身影忽然晃過,他一個箭步衝上前,長手一撈,捉到一個瘦小的小男孩。

男孩戴著厚重的眼鏡，身材瘦小，儘管很害怕，但還是鼓起勇氣，直視著他的眼睛，說：「不要傷害小綠！」

這下反倒引起他的好奇了。

「為什麼？」他抱著些惡作劇的心情反問。

男孩緊緊閉著嘴，不說話。

他注意到男孩的手上和臉上都帶著些擦傷。

「你不告訴我，我自己去看！」說完他就要去爬老樟樹。

「不要去！小綠正在──」眼見就要脫口而出，男孩趕緊又閉嘴。

他明白了，這個男孩在試圖保護小綠。

他走到男孩面前，蹲下身，眼神直視對方，認真說：「你告訴我，我答應你，絕對不傷害小綠。」

那孩子用遲疑的目光看了他許久，又看看他扔在地上的竹棒，似乎心裡在天人交戰。

「那我告訴你一個秘密。」他招招手，要對方再靠近一點。「小綠是在去年的一個颱風夜，被颱風吹來的，是我把牠放到這棵樟樹上。」

那一瞬間，他清楚看見男孩在厚重鏡片後的雙眼猛地睜大，接著冒出欣喜與信任的光芒。

「小綠當媽媽了！牠在樹洞裡下蛋了！可是那些人想要把小綠的蛋打破！都是我不好，我不該到處去說的！雖然老師有告訴大家，不要欺負小綠，讓牠好好孵蛋，可是──」男孩像是終於得到解脫，一口氣說個不停，一面說一面留下後悔的淚

水。「拜託你,大哥哥,不要讓那些人欺負小綠!」

他的胸口瞬間升起一股強烈的保護慾,就像那年的颱風夜。

那天之後,他幾乎天天在離那棵老樟樹最近的學校圍牆外站崗,那些調皮的高年級生再也不敢來惹事,但也跑去向老師告狀,老師前來關心了幾次,甚至還出動了一次警察來盤問,他都只說自己只是閒著無聊來看看而已。

警察臨走前多看了他幾眼,畢竟他最近和那些幫派小弟走得很近。

那天晚上,那些人開車來接他,準備帶他到刺青店裡,刺下他的第一個紋身。

途中經過小學的那棵老樟樹,他下意識地看了一眼,隨即一驚,立刻要求停車,然後跳下車跑回小學,翻牆進去。

他清楚見到一條蛇已經半個身子都鑽入了那個樹洞裡!

他立刻爬上樹,也不管那條蛇有沒有毒,用力扯住蛇尾巴就往外拉,那條蛇一下子就被拉了出來,大概是受到驚嚇,連帶吐出了還沒來得及完全吞嚥的蛋,正在進食卻被打擾的蛇非常生氣,轉頭開始攻擊,他手上連接被咬了幾下,卻一直死死抓住蛇沒有放開。

很快,也不知道是不是蛇毒發作,他感到一陣頭暈,從樹上摔了下來,手裡仍緊握著那條蛇的尾巴。

等到他醒過來時,人已經在醫院裡,奶奶在病床旁哭腫了眼,然後他聽到母親的聲音。

「你怎麼把他照顧成那個樣子!」母親大聲斥責著父親。

那的確是一條毒蛇,是龜殼花,在他手上不知道咬了多少口,還好及時被人送來醫院打抗蛇毒血清,也幸好他身體夠強壯,這才沒被毒死,只是從樹上摔下時,右眼下方被樹枝劃了一道很深的傷口,從此留下明顯疤痕。

　　他只說是自己無聊爬樹,結果被毒蛇咬,摔了下來。

　　母親決定把他接走,奶奶雖不捨,但明顯鬆了口氣。

　　離開的那一天,他臉上還貼著紗布,特地來到那棵老樟樹下,想再看看小綠。

　　就在他抬頭張望的時候,幾個小學生見到他,忽然大喊:「就是他!是他把小綠的蛋弄破的!」

　　他愣了愣,原來被誤會了啊,但他也沒想要解釋。

　　被誤會就被誤會吧,反正誰會相信一個不良少年的話?

　　轉頭要走,忽然一個聲音叫住他:「大哥哥!」

　　是那個戴著厚厚眼鏡的男孩。

　　「你不是說你絕對不會傷害小綠嗎?」男孩的眼裡有著悲憤。

　　他沒有說謊,但他不想解釋。

　　他仰起頭,望著那個樹洞,喊了聲:「喂!笨鳥!」

　　以後大概再也見不到你了。

　　沒救到你的孩子,對不起。

　　忽然,一顆灰褐色的毛茸茸頭顱出現在樹洞口,是小綠。

　　因為是白天,小綠一副睡眼惺忪模樣,盯著他看了一會兒,轉過頭,沒多久小綠身邊出現了一顆更小的毛茸茸頭顱,和小

綠一樣睡眼惺忪。

那一瞬間,他只覺眼眶發熱。

「笨鳥,把你全家都賣了!」

他刻意用兇惡語氣掩飾自己的哽咽。

原來還有一顆蛋!

太好了!

他低頭快步離去,不想讓任何人見到自己那一刻的表情。

*

他的母親沒有再婚,辛苦兼差三分工作,努力照顧兩個雙胞胎妹妹。

儘管許久未見,但妹妹們見到他,依舊開心無比,那一聲聲的「哥哥」激起他的保護慾,從此他成了妹妹們的最佳保母與保鑣,只要他一站出來,那將近一百九十公分的身高與強壯的身軀,根本沒人敢招惹他們一家人。

高中唸完後,他不想繼續升學,想著趕快當完兵,然後找個工作,也認真考慮要不要乾脆簽個志願役,能更快賺到錢,幫助家計。

就在準備要前往服役時,他特地抽空回到了從前的小學。

小綠依舊住在那棵老樟樹的樹洞裡,從老樟樹前一個新增的公告欄上,他得知小學裡的生物社團社員還為牠成立了一個網路專頁,定期更新。

他得知小綠又當了一次母親，這一次，小學裡的小朋友與老師們通力守護，不再讓人破壞，所有的蛋都孵了出來，小小的領角鴞們差點要擠爆樹洞，把小綠累得半死。

後來，當兵時，他遇見了殘忍的虐貓事件，當時他沒多想，私自放人離開軍營，事後被整得很慘，於是從此打消了志願役的念頭。

「哥哥，你去當獸醫嘛！這樣以後我們撿回來的流浪貓，就可以免費讓你醫治了！」

「對啊！哥哥，你要開一家很棒的動物醫院，救助很多的流浪動物！」

被雙胞胎妹妹這麼一鼓勵，他還真的認真考慮起當獸醫。

他很確定比與人類相處，他更喜歡動物。

他高中沒怎麼認真念書，準備考大學顯得很吃力，但幸好妹妹與媽媽都很支持他，花了兩年時間，他終於考上大學獸醫系，然後也很自然而然地選擇了鳥病專科，在教學動物醫院實習時，奇怪的是，所有的鳥病患到了他手上，都乖得不得了，吃藥打針異常配合，連主人都嘖嘖稱奇。

於是他成了系上的傳說，學弟妹們開始喊他「鳥霸學長」。

畢業後，他選擇到野生動物保育中心工作，依舊專治鳥病。

雖然和妹妹們的期待有差距，不過他的同學裡不乏開業的獸醫，有幾位也頗樂意照顧他那對雙胞胎妹妹救助的流浪貓狗，甚至，還有個獸醫與其中一個妹妹合作開了間貓中途咖啡館。

他還是常常關心小綠。

看著小綠又一次當了母親,然後漸漸衰老。

那一天,不知是不是巧合,也是一個颱風夜。

在中心值班的他接到電話,說有人在一處小學附近,撿到了一隻不斷被強風吹落的鳥,顏色灰灰褐褐的,看起來像是貓頭鷹。

他一聽那所小學的名字,立刻掛上電話就衝了出去,在狂暴的風雨中來到那所小學,打電話的是個少年,懷裡抱著一個濕透的紙箱,衰老的小綠就躺在裡頭。

他從紙箱裡抱起小綠,牠好輕好輕,身軀顯得好冰冷,但仍在微微呼吸。

不多話的他對少年點了點頭,誠心說:「謝謝你。」

他沒有帶著小綠回到中心,而是來到多年前他們一起躲避風雨的那個角落,把小綠抱在自己懷裡。

時間到了。

就是如此。

所有的生物都會因年老而死去,無一例外。

「笨鳥,沒想到你這麼笨,還可以活這麼久,還當了那麼多次媽,希望你的小孩聰明點,不會像你……」

他向來話少,這一晚卻對小綠說了好多話。

好幾次,小綠微微睜開那雙疲倦無比的眼,像是想要對他說些什麼。

他告訴自己,不要哭,可是當清晨來臨時,他還是掉下了眼淚。

小綠走了,離開這個世界了。

　　他把小綠埋在那棵老樟樹下,那個洞,他挖得好深好深,不想讓野狗野貓把小綠挖出來。

　　在老樟樹前,他雙手合十,誠心拜託菩薩,好好照顧小綠,帶著牠前往那個沒有苦難與病痛衰老的地方。

　　　　　　＊

　　「牠知道你不是故意弄破牠的蛋。」

　　過了好幾秒,他才遲疑地問:「……你說誰?」

　　「小綠啊。」阿宏說。

　　他震驚到久久無法言語。

　　阿宏怎麼可能會知道?!

　　當他從學妹秦晶晶嘴裡得知,安佑看得見動物靈魂,甚至能與之溝通時,他反倒沒那麼驚訝了。

　　他相信動物是有靈魂的,而且是最純淨的靈魂,因為除非維持生存的必要,牠們從來不會主動傷害其他生物。

　　「所以……小綠的靈魂還留在這裡?」他問安佑。

　　安佑搖搖頭,告訴他,那是小綠的「念」。

　　「念」,是記憶,是小綠想對他說的話。

　　「小綠沒有遺憾地離開了。」安佑解釋:「但牠留下了一個『念』,希望有一天,你能知道牠對你的感謝。」

　　他久久不說話。

感謝什麼……笨鳥。

他忽然明白，為何所有的鳥都對他很友善，完全不怕他。

牠們是感受到了小綠留下來的「念」吧？

「你在最後一刻能陪著牠，小綠很高興。」安佑說。

他不發一語，轉身快步離開，不想讓安佑見到自己此刻臉上表情。

後記。開出一朵時間的花。

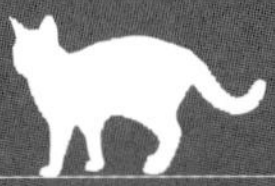

後記──開出一朵時間的花

《比悲傷更悲傷的故事》導演、《想見你－電影版》監製
林孝謙

　　Di Fer 的文字優美，對於世事總留有些餘地與寬容；對人如此，對事物更是。《動物通靈師》這本小說，講的是一位青年安佑與住在黑兔身體裡的熊靈阿熊，兩人一搭一唱闖蕩天涯的精彩故事。透過兩人一路「降妖除魔」的歷程，我們看到了動物與人類間令人動容的情誼。

　　在故事裡，沒有批判，沒有成見。Di Fer 透過清麗的文字，帶領我們直達動物的內心，彷彿每個人都像安佑一樣有了讀心術，可以聽到動物內心真實的聲音。從處世的身心安頓，一直到人與動物的階級探討，Di Fer 試圖去勾勒出一個真實但溫暖的辯證空間。她給了「人」一個反省的可能，也透過安佑，給了一個讓「動物」說出真心話的世界。

　　認識 Di Fer 是在 2008 年籌拍我的第一部長片《街角的小王子》時，那時急需有人一起討論關於動物角色的創造，以及如何將動物融入故事當中的種種技巧。在出版社的介紹下，我認識了 Di Fer，也開始了我跟她長時間的友誼。跟她深談後，我才知道原來她這些有趣的動物知識與觀點源自於動物權的課程，以及她長時間訪談獸醫師所累積出來的能量。於是我跟著她開

始到處考察，也為我的第一部長片做準備。斷斷續續的我跟她有更多在創作上的交流，而我知道她心中總有一個溫暖的地方，一個萬物平等、沒有階級的天堂。

這十幾年來，我也一直在思索這部作品影視化的可能，然而影視化的路途非常有難度，歷經了十多年都沒能成功踏出第一步。因為早年特效技術不足，怎麼呈現出故事中的種種動物靈都是難題。其中一段時間，市場對於這樣題材的作品也不感興趣，畢竟有神有鬼的，限縮了觀者的年紀，以及市場的可能。

直到 2025 年，我告訴 Di Fer，也許世界已經準備好將這本小說影視化了！因為串流平台 OTT 的興起，加上特效技術的大幅突破，現在製作這樣題材的作品儘管難度甚高，但終於有了開始的可能。加上劇集有較多篇幅可以鋪陳，我們終於可以透過影集的方式，探討這樣需要結合類型與特效技巧的故事。

而一路支持著我們勇敢踏出這一步的最大原因，是希望大家重新思考跟動物的關係。儘管內心偶爾恐懼膽怯，儘管已經走了十多年，但是從來沒有出現過一次放棄的念頭。因為我一直相信生命平權是重要且可以實現的夢。我們希望透過影集的傳播，讓動物虐待事件變少，也讓大家多多思考關於生命平等的這個價值。因為我總相信，影像作品如同文字有著巨大的力量，可以透過觀賞與討論改變整個社會。

能夠跟 Di Fer 一起合作《動物通靈師》的影視改編是趟漫長的旅程，也是一個很深的緣分。這是一個醞釀很久很久的計畫，直到今年才得以開花結果，形成最美好的樣子。但我很開

心,畢竟好的故事,如同友情需要的正是時間,不是嗎?

　　這次的改版 Di Fer 放入了很多巧思,相信你們在閱讀的過程中,一定也感受到許多溫暖的文字觸動到你的內心。請讓這個感覺停駐,讓溫暖留在心中;最後也請將這感動化為愛,幫助世界上更多更多我們不用語言,但用心溝通的朋友。

國家圖書館出版品預行編目(CIP)資料

動物通靈師 = The animal watcher/Difer 著. -- 再版. --
臺北市：水靈文創有限公司, 2025.08
面； 公分. -- (DiFer；1)
ISBN 978-626-7742-13-6(平裝)

863.57　　　　　　　　　　　　　　114010865

Di Fer 003

動物通靈師 The Animal Watcher

作　　　者	Di Fer
封面繪者	朱苓

總　編　輯	陳嵩壽
編　　　輯	陳柏安
視覺設計	林晁綺
行　　　銷	張毓芳
出　版　社	水靈文創有限公司
郵　　　撥	台灣企銀 松南分行 (050) 11012059088
地　　　址	11444 台北市內湖區內湖路一段 387 巷 3 弄 2 號 1 樓
網　　　址	www.fansapps.com.tw
電　　　話	02-27996466
傳　　　真	02-27976366

總經銷	聯合發行
電　　　話	02-29178022
二　　　版	2025 年 8 月
I S B N	978-626-7742-13-6(平裝)
定　　　價	新臺幣 350 元

版權所有 ‧ 翻印必究
本書若有缺頁、破損、裝訂錯誤，請寄回本公司更換